狄更斯的圣诞故事
# 着魔的人

[英] 查尔斯·狄更斯 著
陈漪 译

人民文学出版社

与幽灵的交易

# 第一章

## 授予魔法

　　大家都这么说。

　　但是我可决不认为凡是大家有着一致意见的事，就一定是真实的。因为，他们往往可能是对的，同时也往往可能错了。就一般经验来说，人们错的时候太多了，而且对于大多数的事例，为了要搞清楚究竟错到何等程度，所花费的时间也委实太长了，其实权威人士也被证明是会错的。诚然，人们有时候可以是对的，然而正如民谣里那个贾尔斯·史克罗金斯的鬼魂所说的，"那并不是一个通则"。

　　鬼——这个骇人听闻的词儿促使我想起了正题。

　　人人都说他像是着了魔的人。现在我对人家的意见是：到目前为止，他们说得没错，因为他那样子确实像着了魔。

　　他的双颊瘦削得向里凹，眼珠在下陷的眼窝里闪着光；他那穿着一身黑衣服的躯干虽则结实而又匀称，可却弥漫着一股无以言喻的近似严酷的气氛；灰白的头发活像乱成

1

一团的海藻，披散在脸上——仿佛他一辈子始终是人性的惊涛骇浪所冲击的一个孤独的测标。是的，有谁见到他这副模样儿，会不说他像是个着了魔的人呢？

他拘谨冷淡，已习以为常，总是沉默寡言、心事重重、垂头丧气的，从来没见他欢乐过，只见他老躲开人；看上去他似乎心神有点儿错乱，以为自己仍处于往昔的一个地方和时间里，或者一直谛听着自己脑子里的一些往昔的回声。见到这样的神态，谁会不说他像是着了魔的人呢？

他说起话来，慢吞吞的、声调低沉严肃，但是可以隐约听出他原有的圆润和谐的嗓音，他好像拼命反对着那份天赋，竭力憋住那洪亮悦耳的声音，不让它发出来。听见这种嗓音，又有谁会不说他像是着了魔的呢？

凡是见过他在他那充当图书室兼实验室的里屋内——他原是一位学识渊博的化学家，驰名遐迩，有着许多求知心切的学生，他们天天聆听他的指导，观看他的实验——凡是见过他在那屋里，在一个冬天的夜晚，孤零零的，四下里堆着各种药品、仪器和书本；灯罩的影子映在墙上，活像一只异常大的甲虫，一动不动地趴在那儿，他周围的那些稀奇古怪的杂物，也被摇曳着的炉火映成各种鬼怪形状的影子投在墙上，其中有些影子（那些是盛着液体的玻璃器皿的映像）的中心还不住地颤动着，仿佛知道他有分解它们、把它们的成分还原为火和蒸汽的本领似的——凡是见过他工作完毕之后，坐在椅子里，面对着锈迹斑斑的炉栅和熊熊炉火，独自沉思得出了神，两片薄嘴唇一翕一翕的，像是在说话，却又静得像一具尸体，凡见过这一切的，哪个会不说他像个着了魔的人，说他的房间也有鬼在作祟呢？

只要我们的想象力稍微焕发一下，谁会不认为有关他的一切，都沾染了着魔的色调，而且他也是住在鬼魂经常出没的一块地上呢！

他的住处冷僻，又像个地窨——坐落在一所古老基金学院的一个破旧角落里。这个学院原是一幢雄伟的大厦，建筑在一片空旷的地皮上，如今已成了被遗忘的建筑师们的出于一时异想的遗迹，这种格式早已淘汰；经过多年的烟熏日晒、风雨剥蚀，已呈暗黑色，而随着大城市的畸形发展，房屋一幢又一幢，从四面八方把它紧紧挤住，逼得它像一口古井似的，被砖瓦石块噎得喘不过气来了。它那几个小小的方形院落，恰恰躺在街道和房屋所形成的深坑之中，多少年来这些逐渐修起的街道和房屋，全都高过它那些笨拙的大烟囱；四邻的烟气对庭院里的古树倍加凌辱；每逢气候阴湿，薄烟就屈尊下降；庭院里几小块草地跟它那发霉的泥土挣扎着，拼命要长出青草来，或是力争着一个妥协的长势；那冷清的铺石小径，从来就少人踩踏，甚至连瞅它一眼都罕有其人，除非哪个人脸偶然从上面的世界（即高高在上的四周房屋）探出往下望，使那人心里纳闷这是个什么偏僻角落呀；在庭院中砖砌的一个小角落里

3

放着一台日晷仪，可是一百年以来，阳光却一次也不曾在此地掠过；然而，为了补偿阳光的疏忽，当别处的积雪已融化净尽时，这儿的积雪还要逗留上几个礼拜；当别处都已风静时，气势汹汹的东风像一个硕大无朋的响陀螺还要在这儿大打转儿，转啊转的闹个不停。

他的住宅中心——屋子里和火炉边——非常昏暗，非常古老，非常破烂，然而又非常坚固，天花板上的木梁已被虫蛀，结实的地板向橡木的大壁炉台倾斜着；住宅虽然被四周的城市房屋团团围住，它无论在式样、年代和习惯方面，却都那么与众不同；这所房子一片寂静，可是远处一有声响，或者哪儿关上一扇门，顿时就响起雷鸣般的回声——这回声不只在低矮的走廊和空荡荡的屋子里回旋，它还隆隆一路响到那个已被遗忘了的地窖里，这才被那儿闷人的空气压下去。地下室里的诺曼式拱廊已经半埋在那儿的土里了。

在严冬的薄暮时分，你可以看到他在他的住房里。

这时，狂风正在呼啸，发出阵阵刺耳的尖号声，昏暗的落日正在西坠。在这时分的朦胧暮色中，万物的影子扩大了、模糊了——可又没有完全消失。这时，坐在炉边的人们开始从炉火中看到怪诞荒唐的面孔和形状，看到山岳、深渊、伏兵和军队。这时，街上行人低下了头，背着风奔跑着；街道拐角上的风尤为猛烈，那些不得不顶风行进的人被阻挡在那儿，满天乱飞的雪片向他们飘将过来，又落到他们的睫毛上——雪既下得稀稀拉拉，又一下子被风刮得无影无踪，在冰冻的地上也就没留下丝毫痕迹。这时，所有私宅的窗子全都关得紧紧的，十分暖和。这时，街上的煤气灯开始给燃上了，闹市也好，偏僻的区域也好，全都忽地亮开了；要不然，整个城市眼看就要漆黑一团了。这时，流落街头的行人冷得直哆嗦，他们顺着偏僻的街道走去，耷拉着脑袋朝一家家厨房的炉火望着，一路上闻着千家万户扑鼻的饭香，辘辘饥肠更其难熬了。

这时，地上的行人给冻坏了，无精打采地望着幽暗的景色，在疾风中直打战，衣服给刮得沙沙作响。这时，海上的水手，露宿在冰冷的帆桁上，被颠簸震荡得好苦，下面是咆哮的海洋。这时，岩石上的岬角上的灯塔显得那么孤单而又百倍警惕；摸黑归来的海鸟，胸脯啪地撞上了灯塔那笨重的大灯上，摔下死了。这时，挨着炉火看小说的孩子们，想起高西睦·巴巴被斩成四块，挂在强盗们的山洞里，禁不住战栗起来，或者有点儿担心那个常常从商人阿布达卧室里的箱子中跳出来、手握拐杖的小恶婆，哪一天晚上突然会出现在通向他们卧室的楼梯上——他们去睡觉可要走好一段又冷又阴暗的路呀！

这时，在乡下，白昼的最后微光从林荫路的尽头渐渐消失；树木的上部弯成弓形，阴沉而暗淡。这时，在街旁小公园和树林里，那些长得高高的湿润的羊齿啊，发潮的苔藓啊，一堆堆落叶啊，树干啊全都看不清了，只见东一块西一团漆黑的阴影。这时，雾气从堰堤、沼泽地和河沟上悠然升起。这时，古老厅堂和农舍窗子里的灯光，叫人看了心中愉快。这时，磨盘不转了，车匠和铁匠的工场打烊了，收税栅关门了，犁和耙被撂在田里没人管了，干活儿的人和牲口都回家了，教堂的敲钟声比中午时深沉了，教堂庭院的便门，这天晚上也不会再有人去推动它了。

这时，薄暮的微光把各处已囚禁了一整天的影子——释放了，它们像一群群会合在一块儿的鬼魂似的，从四面八方围拢来。它们一副阴险相，站在屋子的角落里，从半开着的门后，皱起了眉头向外探望。这时，凡是没人住的屋子让它们整个儿占据了；在有人住的房间里，炉火半明半暗时，它们就在地板、墙壁和天花板上跳舞，可是炉火一旺，忽地冒出熊熊火焰时，它们又像退潮的海水似的缩回去了。它们又荒谬地把一家人和各种物件的形状嘲弄一番，奶妈变成了吃人的女妖，摇木马变成了大怪兽，心中疑疑惑惑的小孩认不得自己的影子，觉得既害怕又有趣，炉旁的火钳变成了双手叉腰、两腿岔开的巨人，显然在嗅着英国人的血，想把人的骨头研磨成粉，做面包吃。

这时，这些影子给年岁大一些的人们带来了另一种心绪，向他们显出了另一些形象；它们装扮了它们故交的姿容，悄悄地从躲藏的处所溜出来——这些人原已埋在坟里，已在深不见底的渊坑里，而在那深渊中长年徘徊游荡着那过去可能会有，但又从不曾有过的事物。

6

这时，就如前面已经提到过的，他正坐在那儿，凝视着炉火。随着火焰的一起一落，影子来去无定。他的那双眼睛根本就没留意这些影子，任它们来来往往，他只顾一味盯着炉火。在这种时候，你该看看他才是！

这时，随着影子的出现，应薄暮的召唤，种种声音也从它们的潜伏处响起来了，这些声音似乎在他的周围布置了一片更深沉的寂静。风在烟囱里呼隆隆地旋转着。风钻进屋子以后，时而低吟，时而咆哮。屋外的树木连连受到袭击，东摆西倒，闹得树上一只老白嘴鸦，因为无法入睡而急躁抱怨，不时"哇"的一声从高处发出瞌睡的、微弱的啼叫，以示抗议。每过一会儿，窗子就打一阵战，塔楼顶上生锈的风向标也哀号起来，这当儿，风向标下面的那座钟报时了，又是一刻钟过去了。炉火衰微了，煤块跟着煤烬"呼啦"一声坍下去。

——简单地说，正当他这么坐着的时候，叩门声惊醒了他。

"谁？"他问道，"进来！"

可以肯定的是，刚才并没什么人靠在他的椅背上，也没什么脸蛋儿从椅背上面朝前张望呀。当他吃了一惊，猛抬头来说那句话时，也确实没什么脚步溜过这块地板呀。可是屋子里又没有镜子，可以让他自身的影子向镜面投去一刹那呀。然而，刚才是有样什么东西，朦朦胧胧地一晃而过，又不见了。

"我很担心哪,先生,"一个脸色红润、神态忙碌的人说,他用一只脚顶住打开的房门,让自己的身子和端着的木托盘进屋来,待至进了屋子,他生怕关门声太响,又小心翼翼地让房门轻轻地慢慢地关上,"我很担心今天晚饭开得过迟了。可威廉太太总是走得精疲力竭的——"

"是因为刮风吗?对了,我刚才已经听到起风了。"

"——是因为刮风,先生——而且侥幸她居然还能回到家来。哎呀!是的,是因为刮风,雷德劳先生,是因为刮风。"

这时他已放下晚餐托盘,正在点灯,接着去铺桌布;突然又转身去拨火添煤;然后又回来摸摸灯,弄弄桌布,忙得不可开交。他点着的灯和他拨旺的火焰,使屋子的面貌立刻变了个样儿,仿佛全靠他那红扑扑的脸蛋儿和那生龙活虎的劲儿,他一进了屋就产生了这个愉快的变化似的。

"当然啰,威廉太太总那么容易叫自然界的四元素[①]给弄得心慌意乱。本来嘛,老天爷就并没有把她造得高过它们一等的。"

"对!"雷德劳先生的回答虽然不够温文,可是还是和蔼的。

"对,先生。威廉太太会让土给弄得心慌意乱的。举个例子说吧,上星期天地上到处是水潭,泥泞不堪,她们出门到她的新嫂嫂那儿去吃茶点,看她那副自鸣得意的模样

---

[①] 指旧说土水火风四大元素。

8

儿，尽管一路走着去，竟还一心希望不溅到丝毫泥污！威廉太太会让风给弄得心慌意乱的，就如有一次一个朋友硬劝她在佩格哈姆市集上试打秋千，哪里知道她的体质的反应像是把她送上了轮船，顿时晕头转向了起来！威廉太太会让火给弄得心慌意乱的，她有一次在娘家遇上虚报的火警，使她慌乱得睡帽也没摘，一口气奔了整整两英里路！威廉太太也会让水给弄得心慌意乱的，说到她的小侄儿小查利·斯威杰才十二岁，连船是个什么玩意儿都摸不着头脑，她却叫他为她划船，结果照直划进了桥脚柱里边去了。不过，话还得说回来，这些是自然界的四元素罢了。我们得把威廉太太从这四元素中拉出来，那一来她的性格所包含的力量就可以发挥作用了。"

他停下来等待应答，而听到的仍旧是跟刚才同样腔调的一声"对！"

"对，先生。哟，哎呀，对！"威廉·斯威杰先生说着，仍旧继续着手晚餐的准备工作，一边嘟嘟囔囔地查对着一样样东西，"就是这么回事，先生。我自己也老这么说的呢，先生。我们斯威杰这家人可真多啦！——胡椒。就拿我爸爸来说吧，先生，他是本学院已过了服务年龄的看门人兼管理人，今年八十七岁了。他哪，就是一个斯威杰家的人！——匙子。"

"不错，威廉。"他又停下来的时候，雷德劳先生耐心地，却又心不在焉地这么应答了。

9

"是的,先生,"斯威杰先生说,"我就老是这么说的呢,先生。

您简直可以管他叫作一棵树的树干啦!——面包。再说他的后继人,也就是这个一无可取的我——盐——连同威廉太太,我们两个也都是斯威杰家的人——刀子,叉子。还有我的所有兄弟和他们的家属,男人、女人、男孩子、女孩子,统统都是斯威杰家人。啊,再加上堂兄弟、伯伯、叔叔、姑姑、婶婶、这方面又那方面的亲属、其他上代下代的、不管哪一代的、什么姻亲的,还有在产期内的妇女们,全部都是斯威杰家人呀——玻璃杯——如果我们手拉手站个圈儿,真可以把英格兰围在中间哩!"

威廉先生说了这么一大串话,到这会儿还没得到若有所思的那位对方的半句搭腔,于是他向他再挨近一些,假装偶然让玻璃盛水瓶碰上了桌子,要他清醒过来。这一着果然奏效,威廉见了马上继续唠叨下去,仿佛因为获得对方的默许而大为活跃起来了。

"是的,先生!我自己正是这么说的呢,先生。威廉太太和我常常这么说的。我们俩说:'咱们俩没做出什么积极的贡献,尽管这样,斯威杰家的人也已经够多的了——黄油。其实呢,先生,光我爸爸一个人就等于一个需要照顾的家哪!——调味瓶——而我们夫妇俩刚巧没有孩子,因此这也是老天爷的好意,只是不免又使威廉太太冷清了些。你准备好要吃鸡和土豆泥了吗,先生?刚才我离开门房的时候,威廉太太说,过十分钟她就要盛在盘子里啦。"

"我已经完全准备好了。"对方好像从梦中醒来似的,说着在屋里慢条斯理地踱过来,又踱过去。

"威廉太太又忙于那事好一阵子了,先生!"看门人威廉站在炉旁烘盘子,得意地把盘子挡在脸前说道。雷德劳先生停下了步子,那模样儿显然是感兴趣了。

"我老是这么说的呢,先生。她就是非那么做不可哟!她的心窝里有一股一定得发泄,也一定会发泄的母爱哪!"

"她干了些什么事呢?"

"喏,是这样呀,先生,在咱们这所古老的基金学院里,从全国各地前来听你讲课的年轻先生们,没一个不是或多或少把她当作自己的母亲似的,可她就是还不满足——哎呀,真不可思议,像这样的大冷天,怎么这个石砌的烟囱还能吸收热气!"说着他把盘子翻个身,凉一凉他的手指。

"那又怎么样呢?"雷德劳先生说。

"我正是这么说的呢,先生。"威廉先生转过脸来说,好像高兴地即时同意似的,"就是这么个问题哪,先生!这儿的学生没有一个不是这样看待威廉太太的。在上课的日子里,他们天天一个接一个地把脑袋伸进门房来,大伙儿都总有些什么事,不是告诉她,就是问她。听说他们背地里一般都管她叫'斯威奇';不过我是这么说的呢,先生。我觉得呀,倘若光尊重你的名字而对你漠不关心,那宁可让人家把你的名字念得大大走了音,只要是出于真正的疼爱！因为，名字干什么用的？不就是凭借它来认识那个人的吗？所以如果人们凭借威廉太太的名字不如凭借她的别的什么来认识她——我指的是她的品德和气质，那么人家管她叫什么又有什么关系呢？虽然'斯威杰'是正当的称呼！让他们管她叫'斯威奇''威奇''布里奇'去吧——老天爷！假如他们高兴的话，就管她叫伦敦桥、布莱克弗拉尔斯、契尔西、巴特尼、滑铁卢或者海默史密斯吊桥，那也未尝不可哪！"

这番扬扬得意的演讲的话音一落，他便拿着盘子走到餐桌旁来。由于他对那盘子已经烘得热透热透再清楚不过了，因此他就半放半扔地把它搁到桌子上去。正在这当儿，他所夸奖的对象走进屋来了，端着另一个托盘，还提着一盏灯笼，身后跟着一位长着一头长长的白发的年高德劭的老人。

威廉太太和威廉先生一样，是一个头脑单纯、相貌天真的人。她那滑润的面颊上有着和丈夫那身悦目的红色制服同样的色调，十分可爱。然而，威廉先生的发色是淡的，而且根根竖立着，由于他干任何事都过分忙乱敏捷，就显得好像一双眼睛也叫头发给向上牵扯着。威廉太太的发色则是深褐色的，由她仔细地摩得平平的，在漂亮整洁的便帽下卷成波浪形，那样式是一个人所能想象到的最朴素又最一丝不苟的一种。威廉先生穿着的那条裤子，在他的脚脖子那儿自行扯起，好像正因为它是铁灰色的，自然而然

12

一定要向四下里张望,否则就安不下心似的。威廉太太的裙子上面精致的印花有红有白,犹如她的漂亮脸蛋儿,白里衬托着红润,也同样显得又自然又肃静,仿佛此时正在户外咆哮的狂风都吹不动它的一个褶儿。威廉先生的上衣,在颈部和胸部仿佛要飞走,又像是已经半脱离了似的。可是威廉太太身上那件小小的紧身上衣呢,却那么平静,那么清爽,一旦她有需要的话,单凭这件上衣就该可以保护她免受最粗暴的人的侵扰了。是啊,有谁忍心叫这么平静的一颗心让忧伤胀满它,让恐惧震动它,让对耻辱的担忧去扰乱它呢?谁不愿意有这样一颗恬静安宁的心,如同一个孩子天真烂漫的熟睡一般,去抵制纷扰呢?

"准时来到啦,米莉!"她丈夫威廉说着伸过手去接托盘,"当然啰,不然就不像是你啦。先生,威廉太太来啦!——今晚他显得更加孤独,"威廉接过托盘时凑到太太的耳边低声说,"压根儿更加像个鬼了。"

米莉不慌不忙,她静悄悄地,甚至连她自己的存在也不让人觉察似的,把带来的菜肴一盘盘放到桌上。她是那么文静,那么温和!——而威廉呢,噼噼啪啪奔忙了一阵,可到头来只弄到手一碟子肉卤,站在一旁等待侍候。

"老人家抱着的是什么?"雷德劳先生坐下来孤单单地吃饭时问道。

"冬青树枝,先生。"米莉温和地答道。

"我正是这么说的呢,先生,"威廉插嘴说,同时倏地把肉卤端上来,"浆果在一年中这时令实在是再应时不过的了!——红烧肉卤!"

"又一个圣诞节来了,又一年过去了!"化学家凄惨地长叹一声后,嘟嘟囔囔地说起来,"我们在苦恼中无休止地计算着我们的记忆中那些事物不断增长的总数,现在又增加了更多的数字了!这呀,得等到哪一天死神懒洋洋地把这些数字搞个稀糟,来个一笔勾销,才算了事啦?嗨,菲力普!"他突然中止了牢骚,提高嗓门招呼老人。老人双臂搂着那闪闪烁烁的冬青,站在稍远的地方。安静的威廉太太正从他的怀中拣出小枝,静悄悄地修剪了一番,着手用它们装饰起屋子来了。她年老的公公站在一旁看着这个圣诞节日的仪式,兴致十分浓厚。

"按说,先生,我的本分是刚才就该向你请安的,"老人回答说,"可是我了解你的脾气,雷德劳先生——我说这话感到很荣幸——所以才等你先开口!祝你圣诞快活,先生,祝你新年幸福!愿你还要度过许多许多个快活的圣诞节和新年!我自己就度过许多许多个呀——呀,哈!所以才敢冒昧向你祝愿。我已经八十七岁啦!"

"你真的度过那么多都是快活幸福的圣诞节和年头吗?"雷德劳先生问道。

"啊,是的,就是那么多呀!"老人回答。

"他年纪这么大了,记忆力有没有衰退了?该衰退了吧?"雷德劳先生转过脸去放低声音问那个儿子。

"丝毫没有，先生，"威廉答道，"我正是这么说的呢，先生。从没见过谁有我父亲这么好的记忆力哪。可他真是世界上最了不起的人哪！他根本就无法理解'忘记'是怎么回事。先生，请相信我，这也正是我老是对威廉太太说的话。"

威廉·斯威杰先生讲究礼貌，要自己显得在一切事情上都是默默服从，所以他讲这席话时是随随便便地绝对附和，好像其中没有一丁点儿矛盾。

化学家把盘子一推，站起身来，走到屋子那头，老人站在那儿正端详着手中一小根冬青树枝。

"那么这根小树枝使你想起了那许多旧去新来的年头了吗？"他一边说，一边目不转睛地观察着老人，摸了摸他的肩膀，"是不是？"

"噢，是的，许多许多！"菲力普说这话时还没完全从冥想中清醒过来，"我八十七啦！"

"很快活，很幸福，是吗？"化学家低声问道，"很快活，很幸福，是吗，老人？"

"据我的记忆，我最早见到这些树枝的时候，我大概就这么高吧，不会更高，"他把一只手压到比膝盖稍高一点儿的地方，带着回忆往事的神态望着化学家说，"记得那是个大晴天，可是很冷，我在户外溜达，有个人告诉我，说冬青是鸟儿的食物——那人就是我的妈妈呀，没错，肯定是她，就像现在站在这儿的是你一样肯定，虽然我记不得她有福气的脸庞儿是什么样儿了，因为就在那年圣诞节她得病死了。当时那个可爱的小家伙——那就是我啦，你明白——他心想怪不得鸟儿的眼睛那么亮，大概就因为它们冬天常吃的这些浆果是亮晃晃的吧。是的，我还记得这些事。我已经八十七啦！"

"快活！幸福！"化学家沉思着说，忧郁的眼睛呆呆地瞪着那驼背的老人，嘴边浮现一丝怜悯的苦笑，"快活！幸福！——还记得清清楚楚？"

"是啊！是啊！是啊！"老人抓住最后那句话又谈开了，"我做学生时候度过的圣诞节，我也记得很清楚，一年又一年，还有随之而来的笑闹欢乐我统统都记得。那时我是个棒小伙子呢，雷德劳先生；请相信我，踢起足球来，在方圆十英里之内没一个人是我的对手哪！我的儿子威廉在哪儿哟？威廉，我问你，在十英里之内没有一个人是我踢足球的对手，对吗？"

"我就老这么说的呢，爸爸！"儿子立即恭恭敬敬地回答他，"你真不愧是个斯威杰家的人！"

"哎呀！"老人重又望着冬青，摇摇头说，"他的母亲和我——你知道威廉是我最小的儿子——有许多年坐在这群孩子中间——有男有女，小乖乖和小宝贝儿们。那时候，像这样的浆果远没有围着我们的那些小脸蛋儿明亮哪。可是他们好多个已经死了，她也去世了，而我的儿子乔治如今已堕落得不像样了——他是我们的儿子，原是她最得意的宝贝儿。但是当我的眼睛落到冬青上时,我就能看见他们,都活着,都结实得很,和生前一模一样,感谢上帝,我也能看见我的乔治,仍是当年天真烂漫的模样儿。这对八十七岁的我来说,实在是一份福气哟!"

雷德劳先生热切地盯住老人的那锐利的目光,已经逐渐垂下,俯视着地面。

"后来我受了人家的骗,境况不如以前了,于是就跑到这儿来当看管人。"老人说,"啊,说来那已是五十多年以前的事啦——我的儿子威廉在哪儿呀?听着,威廉,已是半个多世纪以前的事啦!"

"我正是这么说的呢,爸爸!"儿子和刚才一样立刻恭恭敬敬地说,"问题就在这儿。二乘零等于零,两个'五乘十'就等于一百了。"

"我初来这儿时,咱们这个学院的一个创办人,"老人十分得意地提起这个话题来,同时对于自己晓得这个掌故感到光彩非凡,"他在遗嘱里指定好多东西捐赠给咱们学院,其中包括一笔专供购买冬青的款子,好在圣诞节用来装饰学院的门窗墙壁。当时我听了觉得非常高兴。咱们学院是在伊丽莎白女王登基之前创办的。因此,更确切地说,这位创办人是伊丽莎白女王时代给咱们学院捐助基金的学者之一。冬青这东西给人一种淳朴的亲切感。当时我们来到这儿人地生疏,正值圣诞时节,对他的肖像都很喜欢,那张肖像是早在那十位已故先生改捐年度现金津贴之前就已挂在咱们雄伟的餐厅里了——他是一位肃穆的先生,下巴上留着山羊胡子,脖子上围上一圈伊丽莎白时代流行的那种绉领子,肖像下方画着一个圈轴,上面用古体字写着:'天父啊!愿您保佑我记忆永新!'雷德劳先生,关于他的事,你全都知道,是吗?"

"我知道那张肖像挂在那儿,菲力普。"

"当然、当然!就是挂在嵌板上面,靠右边的第二幅。我刚才正要说呢——是他帮助了我,使我的记忆力永远这么新鲜,我真感谢他!因为每年圣诞节,我都像今天这样,在这所房子兜它一遭,用这些冬青树枝和浆果,把一间间寂寥的屋子打扮个清清爽爽,于是我这寂寥的老脑筋也跟着有精神起来啦。今年的圣诞节勾起对去年的回忆,去年的又勾起前年的回忆,这样一年又一年地勾起了无数年的往事!忆到最后,仿佛我主基督的诞辰,就是我所心爱的、所哀悼的和所喜欢的一切人的生日——而这些人的数目可真不小哪,因为今年我已八十七了!"

"快活!幸福!"雷德劳嘟嘟囔囔地自语着。

房间开始古怪地暗下来了。

"所以你明白啦,先生。"老菲力普接着说下去。这时候他那冻冷了的结实脸盘儿已经暖和了,更加红光焕发。说话时,那双蓝眼睛炯炯发光。"我庆祝这个节日时,我总要想起许许多多的事哪。哎哟,我的安静的小耗子(指米莉)哪儿去啦?噜咕饶舌原是我这把年纪的人的罪过啊,又何况如果寒冷不先把我们冻僵，或者风不把我们卷走，黑暗也不把我们吞灭，我还有一半的屋子得收拾呢！"

他还没说完话，安静的"小耗子"已经在他身旁露脸，一声不响地挽住他的胳臂。

"好的，我们走吧，亲爱的，"老人说，"不然雷德劳先生没法定下心来吃饭啦，饭菜就会凉得跟冬天一样冰冷了。请原谅我絮叨个没完，先生，晚安！让我再一次祝你快活……"

"等一等！"雷德劳先生说，他回到桌边自己的座位上坐下来，从他的态度看，与其说是因为想起吃饭才回到桌边，不如说是为了要镇定老看管人的心，"请再匀出一会儿工夫，好吗，菲力普？威廉，你刚才不是要告诉我关于你这位杰出的贤惠的太太的什么光彩的事吗？她听你夸奖她，总不会觉得讨厌吧！说吧，是什么事呢？"

"哎呀，先生，问题就在这里呀，先生，"威廉先生十分窘迫地望着他的太太，"你瞧，她已经向我瞪眼了呢！"

"可是你是不怕威廉太太的眼睛的吧？"

"当然不怕，先生，"斯威杰先生答道，"我就是这么说的呢。她的眼睛生来就不是叫人怕的，不然就不会把它们造得这么温柔了。可是我不愿意——米莉！——他，你明白。在那边楼里。"

威廉先生站在桌子后面，仓皇失措地把桌上的东西东摸摸，西抓抓，一边向威廉太太丢着眼色劝她，一边偷偷地冲着雷德劳先生使劲地点点头，又翘翘大拇指，暗示她对雷德劳先生说话。

"他呀，你明白，我的爱，"威廉先生说，"在那边楼里的呀。说吧，我亲爱的！你和我相比，你简直是莎士比亚的大杰作哩！在那边楼里的，你晓得，我的爱——学生。"

"学生？"雷德劳跟着也说道，抬起了头。

"我正是这么说的呢，先生！"威廉先生赞成道，兴奋得不得了，"如果不是大楼里的那个穷学生，你怎么能希望听到威廉太太亲自开口呢？威廉夫人，我亲爱的，大楼。"

"我不知道威廉已经把那件事告诉你了。我要是知道，就不会到这儿来啦。"米莉温和而又直率地说，样子一点儿也不慌张和急躁，"我原先是让他别告诉你的。是关于一个生病的年轻人，先生——恐怕也很穷——病得很重，所以这个假期回不了家。他在那边耶路撒冷大楼里租了一间普普通通的屋子，跟他的身份很不相称哪。没一个人知道他住在那儿。就是这么回事，先生。"

"我怎么从来没有听说过他呢？"化学家急匆匆地站起身来说，"他为什么不让我知道他的情况呢？生病！——给我帽子和斗篷。穷！——什么房子？门牌多少号？"

"啊，你不能去，先生。"米莉说着放开她的公公走了过来，平静地挡住他的去路，可爱的脸蛋儿十分镇静，双手合着掌。

"不能去哪儿？"

"哎呀，不能！"米莉摇了摇头说，好像再明显不过，这是一桩根本不可能的事情似的，"这简直不能想象！"

"我不明白你的意思，为什么不能去？"

"你瞧，是这样，先生，"威廉·斯威杰先生开口了，他把话说得又巧妙，又亲密，"我就这么说的呢。请相信我，那位年轻人决不会把自己的境遇告诉任何一个男人的。威廉太太已经取得了他的信任，这就大不同啦。他们全都向她吐露心事，个个都信任她。一个男人，先生，是甭想掏出他半句话来的；可是，一个女人，先生，那就不同啦，而且又是威廉太太！——"

"你讲得很委婉，很有理，威廉。"雷德劳先生说，他注视着挨在他肩膀旁边的那个温柔而又恬静的脸蛋儿，接着伸出一根手指往唇上一按，悄悄地把钱包塞进威廉太太手中。

"哟，不行呀，先生！"米莉大声说，把钱包递还给他，"糟上加糟啦！这简直不能想象呀！"

她是一个非常稳重的、实事求是的家庭主妇，这一霎时的急促的拒绝，一点儿也没扰乱她的恬静。因此，紧接着她就把刚才整理冬青时从剪刀口和围裙中间失散到地上的叶子，整整洁洁地捡起来了。

她直起腰、站了起来，发现雷德劳先生还在又疑惑又诧异地望着她。她一边四下里张望着，看看可还有漏掉没捡起来的叶子,一边平静地重复了她的话。

"哟,不行呀,先生!因为他对我说过,尤其不能让你知道他,也不能接受来自你的任何帮助——虽然他是你班上的一个学生。尽管我并没跟你相约过要保守什么秘密,可是我是完全信赖你的可敬的人格的。"

"他为什么这么说呢?"

"我实在不知道,先生,"米莉想了想说,"因为您是晓得的,我一点儿也不聪明;我只是想帮他点儿忙,把他的东西都收拾得干干净净,安排得舒舒服服的,我就是这么做了,但是我知道他很穷,很孤单,我还觉得不知怎的没人关心他——啊,天黑啦!"

屋子确是越来越黑下来了。有一种非常沉滞的幽暗和浓阴凝聚在化学家的椅子背后。

"他还有些什么情况?"

"他已经订婚,打算等到经济充裕些就结婚,"米莉说,"他现在念书,我想,就是要学一门本事,为将来谋个生活出路。很久以来,我就见他拼命用功,又省吃俭用的——啊,天已经很黑很黑啦!"

"也冷些啦,"老人搓着手说,"这屋子叫人觉得怪凄凉的,又冷得彻骨。我的儿子威廉在哪儿呀?威廉,我的好孩子,快把灯捻大些,把炉火拨旺些!"

又传来了米莉的说话声,好像轻轻地奏着的柔和的乐曲。

"昨天下午他睡得不踏实,咕哝了一些梦话,是在跟我谈过一番话以后,"她是自言自语说这句话的,"谈的是一个已死了的什么人,还有一件永远忘不了的什么大冤屈;但是,受屈的是他呢还是别人,我就不知道了。反正不是他冤枉别人,这我可以肯定。"

"而且呢,简单地说,威廉太太——雷德劳先生,你瞧,他就是待在这儿,一直待到明年的新春,她自己也不肯把这件事讲出来的——"威廉先生走到他跟前,挨到他耳边说,"她呀帮了他多大的忙呀!天呀,真是帮了天大的忙哩!同时呢,我们家里的一切事仍旧和以前一模一样——她把我的父亲还是侍候得很安乐很舒服——你就是肯出五十个金镑打赌,在我们家里也找不出一丁点儿的散乱东西——就像她从来没有离开过家似的——可是事实上她却是去了又来,来了又去;奔上奔下没个停,简直像个母亲一样看顾着他。"

这会儿屋子里更暗,也更冷了,雷德劳先生椅子背后的幽暗和阴影儿也更加浓厚了。

"先生,就这样她还觉得自己做得不够哩。就在今天晚上回家的路上(也不过是两小时以前的事),她在一个人家门口的石阶上发现一个小东西,冻得直哆嗦。说他是个小孩儿,倒更像是头小野兽。威廉太太见了他怎么样呢?自然是把他带回家来啦,把他擦干净,喂饱,留在家里,直到圣诞节早晨我们那些储存的布施食物和布施法兰绒全部施舍完毕。如果他以前尝过那么点儿烤火的滋味的话，这回可真尝够啦，因为他老紧贴着我们门房的老烟囱坐着，一双眼一眨不眨地盯着我们的眼睛，那双饿狼似的眼睛好像永远不会再闭上了。至少，他是坐在那儿，"威廉先生仔细一想又纠正道，"除非他已经逃走！"

"愿上帝保佑她幸福！"化学家大声说，"愿你也幸福，菲力普！还有你，威廉！这件事我得好好考虑一下该怎么办。我也许会想去看看这个学生。不再耽搁你们的时间了。晚安！"

"我谢谢你,先生,我谢谢你！"老人说，"为'小耗子'，为我的儿子威廉，也为我自己，谢谢你呀！我的儿子威廉在哪儿？威廉，你打着灯笼走在头里，像去年一样，像前年一样，给我们带路穿过那些长长的、黑黑的走廊。哈,哈！我记得——虽然我已八十七！——'天父啊，愿您保佑我记忆永新！'这个祈祷文确实不错啊，雷德劳先生，正是那位留山羊胡子、脖子上围绉领子的有学问的老先生的祈祷文。也就是那一位，他的肖像挂在咱们过去的雄伟的餐厅里的嵌板上——那还是咱们那十位已故先生改捐年金津贴之前的事哪！就是那靠右边的第二幅呀！'天父啊，愿您保佑我记忆永新！'这确是又好又虔诚的祈祷文啊，先生，阿门！阿门！"

他们走出屋子时把沉甸甸的房门带上，不管他们多么小心地避免声响，在最后关上时，还是发出了轰隆隆的一连串回响声。这时，屋子里更黑了。

雷德劳先生在椅子里独自沉思起来了。原先新鲜挺拔的冬青在墙上枯萎了，掉了下来——成了死冬青枝。

原来凝聚在他身后的幽暗和阴影，这会儿已经很浓很浓了；就在那儿出现了一个酷似他本人的、骇人的幽灵！那是在人类感官所不能觉察的缓慢的进展中逐渐形成的，要不就是经过一种空幻的、虚无缥缈的演变过程产生出来的。

幽灵的面孔和双手毫无血色，像鬼似的，冷冰冰的；可是它的五官，它的炯炯目光，它的灰白头发，却和他一模一样，穿的又是和他衣服的阴影同色的衣服。它就是带着这么一副可怕的模样儿现了形，一动不动，一声不响。当他的手臂靠在椅子扶手上，对着炉火遐思冥想时，它就倚在椅背上，紧紧靠近他的头上方，长相和他一个样儿，令人毛骨悚然，瞅着他所瞅的方向，摆出完全和他一样的表情。

啊！原来这就是刚才一晃而过就不见了的那个东西啦！这就是这个着了魔的人的可怕的伴侣啦！

有那么一会儿工夫，它似乎对他毫不留意；他呢，对它也同样漠然置之。这时，圣诞节的游唱队在远处演奏了，他似乎在沉思中倾听着那乐声。它呢，似乎也在倾听着。

他终于开口了，可是仍然一动不动，头也没抬起来。"又来啦！"他说。

"又来了！"幽灵答道。

"我在火里看见你，"着魔的人说，"在乐声中，在阵阵风中，在昨晚的死寂中听到你。"

幽灵的头动弹了一下，表示同意。

"你为什么来，为什么这样缠住我不放呢？"

"你叫我来嘛，我就来啦。"幽灵回答说。

"没有！我没叫你来。"化学家嚷了起来。

"就算没叫吧，"幽灵说，"别多啰唆了。反正我已经来了。"

炉里的火光始终照着这两个面孔——如果椅子后面那个可怕的轮廓，也可以称作面孔的话——两个面孔也一开头就都是冲着炉火说话，彼此都不曾瞅对方一眼。可是这会儿，着魔的人蓦地转过身来，直瞪瞪地盯着那个鬼魂，那个鬼魂也同样蓦地走到椅子前面，直瞪瞪地盯着他了。

这个活人和那个栩栩如生的他死后的影像，就这样面面相觑着。多么可怕的注视啊！这是发生在一大幢空荡荡的古老房屋里的一个凄凉偏僻的处所。那是一个隆冬的夜晚，狂风在它神秘莫测的旅程上在此呼啸而过——自从开天辟地以来，就没有人知道它的来处和去处——数目多得无法想象的天上万千繁星从永恒的空间，透过狂风一闪一闪着。在这片永恒的空间中，体积硕大的地球犹如微小颗粒，年代悠久的世界犹如襁褓中的婴儿。

"看看我！"幽灵说，"我就是他，他年轻时没人照管，过的是一贫如洗的悲惨日子。他拼命奋斗，含辛茹苦；再拼命奋斗，再含辛茹苦；如此直到他砍开深埋着知识的矿藏，取得了学问，把它砌成嶙峋的台阶，好歇歇疲惫的双脚，好再拾级而上。"

"我就是你所说的这个人！"化学家说。

"没有无私的、自我牺牲的母爱帮助我，"幽灵继续说，"也没有父亲好让我遇事相商。当我还是个孩子时，一个陌生人就占据了我父亲的位子，母亲的心就这么跟我疏远了。他们充其量也只是那样的父母：他们很早就不照管他们的孩子了，很早就卸下对孩子的责任，像飞鸟一样很早就抛开小儿不管了；如果他们的孩子后来混得好，他们就居功自夸；如果混得坏，就表示惋惜。"

幽灵说到这里停住，仿佛要用它的面部表情、它的谈吐态度和它的笑容来怂恿他，挑逗他似的。

"我就是他，"幽灵接下去说，"我在挣扎着往上爬期间，找到了一个朋友。是我争取他，赢得了他的友情，把他拉了过来紧凑在一起。我们俩并肩工作着。我把年轻时代无处倾注的全部爱情和一切心事，都一股脑儿投向了他。"

"不，不是全部爱情和一切心事。"雷德劳说，他的嗓子嘶哑了。

"你说得对，不是全部、一切，"幽灵应声道，"我还有一个妹妹。"

着魔的人两手托着腮帮子回答说："是的，我还有一个妹妹!"

幽灵露出恶毒的笑容,向他的椅子更挨近了些,把下巴靠在自己抱成拳头的一双手上,那双手搁在椅背上,瞪着似乎充满了怒火的锐利的眼睛,朝下直盯着他的脸,说道:

"我所体验的一丁点儿家庭亮光,都是从她那儿发射出来的。她是多么年轻,多么漂亮,多么忠实啊!在我的一生中头一回有了一间破屋子时,我就把她请去了,随后我又使那个家有了乐趣。她进到了我的生活的黑暗里,把黑暗变成光明——她现在就在我的眼前!"

"我刚才就已经在炉火里看见她。在音乐里,在风声里,在夜晚的死寂里我都听见她!"着魔的人做了这样的反应。

"他爱她吗?"幽灵附和着他那耽于冥想的语调说,"我想他曾经一度爱过她的,我可以肯定是这样。而她呢,如果她对他的感情淡一些——不把那份感情隐藏得那么严密,不那么深情,不那么专一,不把那份感情那么深地埋在心底里,那样的话,情况就好多了!"

"让我忘掉这一切吧!"化学家愤愤地把手一挥说,"让我把这一切从记忆里统统抹掉吧!"

幽灵一动不动,冷酷无情的眼睛仍然一眨不眨地盯着他的脸,又往下说:

"于是我的一个梦,一个和她的梦同样的梦,神不知鬼不觉地潜入我的生活。"

"正是这样。"雷德劳说。

"一种和她的爱同样的爱,"幽灵继续说,"一种像我这样低人一等的天性所能抚育的爱,在我心中滋生了起来。可是当时我无法做出任何许诺或恳求,好让我心爱的人儿和我的命运联结在一起。因为我实在太穷了。我太爱她了,所以也没想要那么做。于是我更加努力奋斗了,比过去更努力地往上爬。哪怕只爬上一英寸,就更接近顶峰一英寸。我拼着命往上爬,往上爬!在那段日子里,每当我干得精疲力竭、到了深夜歇下来时——我的妹妹,我亲爱的伴侣,仍然一如往昔,和我一同分享渐渐熄灭的火炭、渐渐冷却的壁炉——那时曙光初显,在我眼前呈现的是一幅多么美丽的前景啊!"

"这些情景,刚才我在火里都看到了。"他喃喃地说,"在音乐里,在风声里,在夜晚的死寂里,在周而复始的岁月里,这些画面不停地涌入我的脑海。"

"——还有我的后期的家庭生活的画面,那时她和我住在一起,是她鼓舞了我艰苦奋斗。接着是我的妹妹门当户对地嫁给我那位好友的画面——尽管他有一些遗产,而我们没有——接着是我们晚年圆满的幸福的画面;再后就是那一串金链环的画面——它们伸展得多么远啊,它们该会把我们和我们的子子孙孙联结成一顶宝光四射的花冠。"幽灵说。

"那些画面都是些骗人的幻想妄念啊!"着魔的人说,

"为什么命运竟如此注定要我把它们记得这么清楚啊!"

"骗人的幻想妄念!"幽灵响应了这句话,发出的仍然是老声调,直盯着他的那种眼神也没有丝毫变化,"因为我那位朋友——他是我的推心置腹、肝胆相照的朋友,在我的一切希望、一切努力的体系的中心和我之间,横插进来,赢得了她,把我的脆弱的宇宙整个儿给粉碎了。在我家里我的妹妹就加倍亲爱、加倍忠诚、加倍欢乐,她一直活着亲眼目睹我成了名,看着我的夙愿得偿,而我的夙愿却像一根发条,已经断了!然后……"

"然后,死了!"他插进来说,"死的时候是快乐的,和生前一样温柔,除了她的哥哥,一无牵挂。愿她安息!"

幽灵默默地注视着他。

"记得的!"着魔的人停顿了一下,又说,"啊,我记得清楚极了。直到今天,虽然时过境迁已许多年了,同时我又觉得老早以前那种孩子气的爱实在再无聊再空幻不过,然而每逢想起往事,我依然动了情,那份情感像是出自一个弟弟或儿子似的。有时我甚至还要纳闷,她的心究竟在什么时候第一次倾向于他的呢?在那以前那颗心对我的爱又究竟有多深呢?——曾经一度相当深啊,我想——可是那算不了什么。因为比这些幻想更使我痛心的,是那早年的不幸,是那从我所爱慕所信任的人的手受到的创伤,是那无法弥补的损失!"

"因此,"幽灵说,"在我的心底里有悲痛,有委屈。

因此我也就老折磨着自己。这样,我对往事的记忆就成了我的灾殃。所以如果我能忘却我的悲痛和委屈,我是再高兴不过的了。"

"好一个嘲弄人的鬼东西!"化学家说着蓦地一跃而起,愤怒地举起手来,向另一个他自己的喉咙扑将过去,"为什么我该老听这些嘲弄?"

"小心!"幽灵喝道,那嗓音可怕极了,"你胆敢碰我一下,你就是死!"

化学家顿时缩住了手,仿佛幽灵的话使他瘫痪了。他站在那儿呆望着它。它已经从他身旁溜开,高高举起一只胳膊表示警告;它那黑乎乎的身躯耀武扬威地朝上一抬,在可怕的鬼脸上掠过一个微笑。

"如果我能忘却我的悲痛和委屈,我是再高兴不过的了!"幽灵说了又说,"如果我能忘却我的悲痛和委屈,我是再高兴不过的了!"

"我自己的邪恶灵魂!"着魔的人跟着说道,嗓子低沉而颤抖,"这个没完没了的低语声把我的生活搞得漆黑一片了!"

"这是回声啊!"幽灵说。

"如果这是我的思潮的回声——而现在我知道了,它的确是回声啊——那么,我又何必要受它的折磨呢?"着魔的人应声说道,"这并不是自私的思想,我允许这思想从我自身蔓延开去。是啊,所有的男的女的都有他们各自的悲痛——他们大多数有着委屈：忘恩负义、卑鄙的嫉妒、利害关系，这一切缠绕着社会上各阶层的人。又有谁会不愿意忘却自己的悲痛和委屈呢？"

"是啊！谁会不愿意呢？而且在忘却之后，谁不会快乐轻松些呢？"幽灵说。

"唉，这些流转不息的、我们所纪念的岁月呀！"雷德劳继续说，"它们给我们带来什么样的回忆！它们在谁的心头不唤醒悲痛和苦恼？今晚在这儿的那个老头儿，在他的记忆里有些什么呢？还不是一连串的悲痛和苦恼吗？"

"但是普通的人，"幽灵说，在毫无神气的脸上浮起了它那恶毒的笑容，"悟性差的，心灵平凡的，他们就不像那些修养较高、思想较深刻的人那样，对这些事有所感触或反复推究。"

"诱惑人的魔鬼，"雷德劳回答说，"你这空洞的眼神和嗓音，把我吓得没有话语可以形容；我现在一边说着话，一边有一种预示将有更大的恐怖临头的、朦朦胧胧的兆头正向我袭来啦！我又听见我自己的思想的回声了！"

"这就是我有本领的明证，"幽灵反唇相讥道，"你得放明白些！听我说！忘掉你所受过的悲痛、委屈和苦恼吧！"

"忘掉它们！"雷德劳跟着说。

"我有本领抹掉对它们的记忆——只留下一点极其淡

漠的、混淆不清的痕迹，而且过不了多久这些痕迹也将消失殆尽。"幽灵回答说，"喂，怎么样，是这么定了吗？"

"等一等！"着魔的人叫了起来，用一种恐怖的姿势抓住了幽灵扬起的手，"我因为不相信你、怀疑你，已经哆嗦个不停；你向我投来的那种恐惧又深化成莫可名状的惊骇，我简直受不了——我不愿意把那些对温存的往事的回忆，或对自己对别人都有益的同情心，统统抛弃。假如我同意你这个建议，我会失去什么？还有些什么我会回忆不起来的？"

"你的知识也好，你的研究心得也好，都不会回忆不起来；你所要忘却的只是那一连串相互纠缠不清的感受和联想。这些感受和联想是按各自的顺序，以那些从记忆中被驱逐了的事物为依据，从那些事物中滋生出来的。要失去的就是这些东西。"

"这些东西很多吗？"着魔的人惊慌地想了想，问道。

"它们总出现在火里、音乐里、风声里、夜晚的死寂里和周而复始的岁月里。"幽灵讥讽地回答。

"在别的东西里不出现吗？"

幽灵保持缄默。

它默默地在他面前站了一会儿以后，开始向炉火那边移动，然后停了下来。

"快决定！"它说，"要不然就错过机会了！"

"等一会儿，"那个人激动极了，说，"我请求老天爷给我做证：证明我从来没有憎恨过人——对周围的任何事物从来没有怄过气，没有漠不关心，也没有刻薄过。如果说，由于我在这儿独居孤寂的缘故，我对于一切往事想得太多，对于它们有可能会演变成怎样的事这些方面也过分捉摸了，而对眼前的事却又过于淡漠的话，那么应遭的恶果已经落到了我的身上，并没有落到别人的身上。但是，如果我的身体里已经有毒素，而我又有解毒的药，也知道怎么个用法，难道我不应该用它们吗？如果我的脑子里有毒素，而通过这个可怕的黑影儿，我可以清除这毒素，难道我不要把它清除掉吗？"

"喂，"幽灵说，"定了吗？"

"再等一会儿！"他急忙答道，"如果真办得到的话，我是愿意忘记的！只有我一个人有这个念头呢，还是成千上万、世世代代的人都有这个念头？在所有人的记忆里都隐藏着悲痛和苦恼，因此我的记忆是处于和他们同样的状态，所不同的只是他们没有这个可以选择的机会罢了。好吧，我就同意这笔交易了吧。好！我愿意忘掉我的悲痛，我的委屈，我的苦恼！"

"喂，"幽灵说，"定了吗？"

"定了！"

"定了。那么记住：从此我和你断绝关系了！今后无论你往哪儿去，也得把我给你的这种法术送给别人。你所放弃了的记忆力既然不能再恢复过来了，那么从今以后，对你所接触的人，你也得把他们和你相同的记忆统统毁掉。凭借你的智慧，你已经发现对于悲痛、委屈和苦恼的记忆是人类的共同命运，你也发现没有这些记忆，人类在其他的记忆中过得快活些。那么去吧！去当一名人类的恩人吧！从此刻起，你摆脱了这些记忆，你也就自然而然地到处带着这份自由的福气。这份福气将到处传播给别人，这已成了你自己既摆脱不了，他人又不能对你剥夺的一回事。去吧！为赢得这份福气，也为传播这份福气而欢喜快乐吧！"

幽灵说这番话时，始终把它那毫无血色的手高举着，举在雷德劳的头的上空，仿佛念念有词，在用咒语召唤恶魔似的，又像是在宣读什么教门的诅咒；它还把眼睛渐渐移近雷德劳的眼睛，这一来他可看到了这双鬼眼根本就没参与它脸上那副可怕的笑容，眼神是呆瞪瞪的，是始终毫无变化、毫不缓解的恐怖！这会儿幽灵从他跟前渐渐消散，终于无影无踪了。

他站在那儿，吓得呆住了，心中又惊讶不止，还觉得一遍又一遍地听到那句话"对你所接触的人，你也得把他们和你相同的记忆统统毁掉！"的回声，那凄惨的声调愈变愈弱。正在这时，传来了一声刺耳的尖叫。声音并非来自门外的走廊，而是来自这幢古老建筑物的别的部分，听上去像是一个人在黑暗中走迷了方向时的叫喊声。

化学家惶惶然看了看自己的双手，又看看自己的四肢，好像要弄清楚到底是不是他自己似的，接着就扯起嗓子应声狂叫起来，因为有一种古怪的感觉和恐惧袭击了他，使他觉得自己好像也迷路了。

那尖叫声也答应了雷德劳的怪叫声，并且临近了。他连忙抓起灯，掀开墙上一块沉甸甸的门帘。他惯常是穿过这门帘出入隔壁的讲堂的。每当他跨进那讲堂，团团围着他的一张张脸蛋儿，像着了魔似的，顿时变得兴致勃勃。跟这种青春焕发、生气勃勃的气氛相形之下，现在这个讲堂死气沉沉，显得阴森恐怖，活像一个死神的象征，向他直瞪着眼了。

"喂！"雷德劳喊道，"喂！到这边来！朝灯光走来！"

他一手撩着门帘，一手举起了灯，向黑洞洞的讲堂仔细察看时，一个像野猫般的东西，刷地溜过他身旁，窜进他的屋子，蹲到一个墙角里去了。

"是什么呀？"他着了慌，急急问道。

即使他看清了那个东西，他还是可能这么发问的。这会儿他站在那儿，正朝着那个蜷缩在墙角里的东西望着，他已把那东西看得清清楚楚了。

那简直是一堆褴褛不堪的破布，由一只手抓成捆儿。那只手的形状和大小都几乎像是一个幼儿的手，可是从那死命抓住的贪婪模样来看，又像是一个坏老头儿的手。凭那光滑的圆脸的成熟程度，他约莫有六七岁，可是生活的磨难却连拧带扭，使他那衰瘦的脸完全变了样。眼睛是明亮的，可是神态毫不年轻。赤裸的小脚有着稚气的娇嫩美，可是上面的斑斑血迹和污秽把它弄得丑陋极了。简直是一个小野人，一个小怪兽，一个从来不曾是孩子的孩子。他以人的形象活着，可是不论活着或是死去，他内心只是牲畜的灵魂！

这孩子似乎已习惯于受欺担忧，习惯于被人当作牲畜一般见了就赶走，所以这会儿看见雷德劳瞅着他，就蹲了下去，还侧头也瞅着雷德劳，又唯恐挨打，所以朝前伸出一只胳膊防备着。

"你要打我，"他说，"我就咬你！"

在以前，而且是没几分钟以前，让化学家见到这么个景象，他是会非常心痛的。可是现在他冷冷地看着那孩子；不过他同时又竭力追忆着什么事——是什么事他不知道——接着他问孩子蹲在那儿做什么，又问他打哪儿来。

"那个女人在哪儿？"孩子这么回他的话，"我要找那个女人！"

"哪个女人？"

"把我带到这儿来，又把我安顿在大火炉旁的那个女人。她走开好大工夫了，我出来找她，却迷了路。我不要你！我要那个女人！"

他纵身一跃地逃窜，是那么快捷，待听到他赤裸的双脚着地那声混浊的声响时，他已到了门帘附近，雷德劳赶上前，一把抓住他的破衣服。

"嗨！松手呀！"小孩拼命挣扎着，咬着牙嘟囔道，"我又没有惹你。让我到那个女人那儿去，好不好？"

"不走那条路，有一条近路。"雷德劳说，仍然紧抓着他不放，仍然竭力追忆着原该跟这个怪东西有关的那个联想，但还是怎么也想不起来。

"你叫什么名字？"

"我没有名字。"

"你住在哪儿？"

"住！这话什么意思？"

小孩摇了一下头，把披散在眼睛上的头发甩开，看了雷德劳一眼，接着便缠着他的两条腿和他扭将起来，不断嚷着，"让我去呀，让我去呀！我要找那个女人呀！"

化学家把他领到门口。"从这儿去。"他说，仍然迷茫地望着他，不过由于无动于衷，更增加了厌恶和回避的神态，"我带你到她那儿去。"

小孩的尖锐目光朝屋子四下里东张西望了一周，然后停留在摆着剩饭残羹的餐桌上。

"那些东西，给我吃一点！"他贪婪地说。

"她没给你吃过东西吗？"

"可是明天我又要饿肚子了，不是吗？我不是天天挨饿的吗？"

小孩发觉雷德劳已松了手，就像一头幼小的肉食兽似的，一蹦就来到了餐桌旁，把面包啊肉啊都扒到怀中，和他破烂的衣襟揉成一团，紧紧搂住，说："好啦！现在带我到那个女人那儿去！"

这时在化学家心中产生了一种不愿接触他的憎恶感觉，于是就严肃地用手示意他跟在后面，可是刚要跨出房门，化学家顿时浑身打战，停住不动了。

"今后无论你往哪儿去，也得把我给你的这种法术送给别人！"

在风里响起了幽灵的这句话，那阵风冷透了他的心。

"今晚我不上那儿去了。"他有气无力地低声说道，"今晚我哪儿都不去了。孩子！你自己顺着这条圆顶长走廊笔直走去，再穿过那扇黑色大门走到外边院子里，你就可以看到那儿一个映着火光的窗子。"

"是那个女人的炉火吗？"

化学家点了点头，而那双赤脚板儿已经跳走了。化学家提着灯回到屋里，慌忙锁上房门坐下，两手掩住脸，仿佛自己害怕起自己来了。

因为现在他可真的孤零零一个人了。孤零零的，孤零零的啊！

## 第二章

### 扩散魔法

在一个小小的家庭起坐室里坐着一个小个子，由一小片一小片报纸裱糊的一个小屏风，把这个起坐室跟一个小店铺隔了开来。和这个小个子在一道的，是一群几乎可以随你说有多少的小孩子——至少看上去使人有这样的感觉。因为处于那么狭小的活动范围内，他们在数量方面给人的印象是十分可观的。

这群小家伙中，已有两个由强制的办法被迫爬上了墙角的一张床。他们原可在那儿舒舒服服地坠入天真的梦乡，却又迫于一种天生的癖好，不想睡觉，在床上床下扭打个不休，向没睡觉的天地进行掠夺冲锋；其原因是另有两个幼小的孩子正在一个角落里用牡蛎壳搭盖一道墙，床上的两个家伙就没完没了地骚扰袭击这座堡垒（正如大多数不列颠青年在研究英国古代史时，老看到可诅咒的皮克特人①和苏格兰人一样),随后他们又撤退到自己的领土上去了。

侵略者的入寇,被侵略者的报复,穷追猛击,朝侵略者逃窜藏身其中的被窝乱戳,本来已闹得不可开交,这时,在另一张小床上的另一个小孩又抓起他的靴子扔到水面上②,可谓对这场家庭纠纷,也出了一臂之力;换句话说,他把他的小靴子和其他小物件,朝那些扰得他不得安歇的捣蛋鬼们扔去——这些小物件本身虽然起不了攻击伤人的作用,可是质地坚硬,他也就把它们充当了弓箭——那些捣蛋鬼又马上还手,回敬了他,因而乱上加乱,吵得震天价响了。

除此之外,还有一个小孩,怀中抱着一个沉重的大娃娃,小孩的双膝被压得侧侧歪歪的,身子倾向一边,在屋里蹒跚地走过来、蹒跚地走过去。在这群孩子当中,数他年纪最大,可其实还小得很。乐观自信的家庭往往想象这样做,娃娃就可以给哄入睡的。但是,哎哟!哪知这会儿娃娃的一对小眼只是开始定下神来,从孩子那失去知觉的肩膀上,正瞧着这个没完没了的,又是策划又是戒备的大战场呀!

这娃娃真可谓是一个莫洛克神③,她的这位小哥哥的整个生命,没有一天不成为她那贪得无厌的

---

① 皮克特人,古时住在苏格兰东部的民族。
② "抓起他的靴子扔到水面上"是一句玩笑的比喻,引用《圣经·旧约·传道书》第十一章第一节的话"当将你的粮食撒在水面,因为日久必能得着……",意思是:既然撒粮食于水面这个善行能得善报,那么把靴子扔到水面上(实际上是扔到别人身上)这个恶行就必得恶报,因此扔靴子的那个孩子立刻就得到对方的回敬。
③ 莫洛克神是位于叙利亚沿岸的一个古国腓尼基人的火神,专以儿童为祭品。

祭坛上的供品。对于她的个性，可以如此概括：她永远不会在一个地方连续安静五分钟；当你要她睡觉的时候，她就总是不肯睡。在附近一带，这个"台特北的娃娃"跟邮递员和啤酒馆侍者一样，为人们所共知。从星期一早上到星期六晚上，她都在小约翰尼·台特北的怀抱中，从这家门口的台阶儿逛到那家门口的石阶儿；每逢一群孩子跟在摔跤卖艺的或耍猴戏的后面奔跑时，就能看见小约翰尼抱着她，疲惫不堪地落在后头，待至赶到现场，娃娃的身子已歪倒一边，而且永远是迟了一步，精彩的把戏都已演过了。只要有一群孩子凑到一块儿玩耍，在那儿总有抱着小莫洛克神的、精疲力竭的约翰尼，无论约翰尼想在哪儿歇下来，小莫洛克神总是大吵大闹，死命要他走开。每当约翰尼想出门去，她总是睡个不醒，需要看守。每当约翰尼想待在家里，她又总是醒着，非要他抱出门去不可。然而约翰尼却真心相信她是个十全十美的娃娃，在英国任凭你走到天涯海角，再也找不到另一个这样的宝贝儿了。因而尽管他只能从她裙子后面，或从她那随风啪嗒啪嗒作响的软帽上面，对一般事物的大概状态逆来顺受地瞥那么一两眼；而且还像一个矮小的脚夫，扛着一个既没指定收货人又无处交货的偌大包裹，摇摇晃晃东奔西跑着，他却是十分心甘情愿的。

在这一片乱作一团的骚动当中，坐在那间小起坐室里的那位小个子，一再竭力使自己静下心来看报，可就是看不成。他是这群孩子的父亲，也就是这家小商店的老板。店面上方挂着一块题着"Ａ．台特北报刊公司"的姓名和头衔的招牌。而事实上，严格地说，担当招牌上的名称的只有他一个人，"公司"两个字呢，仅是一个出于理想的抽象名词，压根儿无事实根据，也不代表任何人。

台特北公司是位于耶路撒冷大楼一个拐角上的铺子，它的橱窗里陈列着不少的文艺作品，主要是过期的画报和写海盗啦拦路贼啦什么的连载小说。手杖和小孩玩的石弹子也是存货的一部分。这家铺子曾经一度扩充业务、兼营糖果点心生意，但是这类精美食品似乎非耶路撒冷大楼住户之需，因为橱窗里除了一个可以称作小玻璃灯笼的东西之外，这类货品已完全绝迹。在那个玻璃灯笼里盛着一堆疲疲沓沓的又圆又软的糖球。它们在夏天融化了，到冬天又凝结起来，现在你怎么也取不出来了，要吃它们就非得连玻璃灯笼一块儿吃下去不可。台特北公司曾经试干过几种生意，也以小本钱经营过玩具生意，因为在另一个玻璃灯笼里还乱七八糟地堆着好多蜡制的小洋囡囡，已经落入颠三倒四、全都粘到一起的可悲境地，这个囡囡的脚粘在那个头上，那个的头粘在这个的脚上，还有一大堆断臂残腿横在灯笼底上。对于女帽生意也动过脑筋，至今尚遗留在橱窗角落里的几个干巴巴的、由铁丝编成的女帽模型可以为此证。还幻想过也许在烟草买卖中可获谋生之道，于是就张贴了一张图画，上面画着大英帝国三个组成部分的三个土著人正在消耗这种芬芳的烟草，附着几行诗意盎然的文字，说明这三个人为一项事业同心协力，坐在一块儿，谈笑风生，一个嚼着烟草，一个闻着鼻烟，另一个吸着烟斗，但是从这份生意中似乎一无所获——除了图上的糨糊招来的苍蝇！也曾可怜巴巴地希望过做假珠宝买卖，因为在一块窗玻璃上还贴着一张廉价图章、一张铅笔盒子的广告，和一张意向难测、标价九个便士的黑色神秘的护符。但是直到目前，住在耶路撒冷大楼里的人什么也没去买过。简单地说，台特北公司如此绞尽脑汁，想尽各种办法，打耶路撒冷大楼的主意，一心要靠它吃饭，可是到头来落得个一事无成，而这家公司中处境最佳的显然就是"公司"这两个字，因为"公司"既然是一个无形体的创造，当然就不会为世俗的饥渴而忧心忡忡，既不必纳济贫捐，又无须缴什么财产税，更没有小儿小女要养活了。

　　然而，台特北这个人却如刚才所说的，这时正在他的小小的起坐室里，面对着这一大伙孩子，嚷啊闹得他再也没法置若罔闻了，也静不下心来看报，因而索性丢下报纸，疯狂似的在屋子里打了几个旋转，那模样活像一只未定飞向的信鸽，向一两个身穿睡衣、忽地在他跟前掠过的小东西猛冲过去，可又一再扑空，于是蓦地冲到那个全家唯一温顺无过的孩子面前，拉开手掌就给了小莫洛克神的看护人一记耳光。

"你这个浑小子!"台特北先生说,"在这样的大冷天,你苦命的爸爸一早五点钟就起来,累了一整天,愁了一整天,难道你一点儿也不心疼,非要使出你缺德的鬼把戏来,叫他不得安歇,对他安排在最后的智力活动也要捣蛋吗?我的小少爷呀,难道你还嫌不够吗?要知道你的哥哥道弗斯这会儿正在又湿又冷的寒风浓雾里受累受苦,而你呢,享尽了福,舒舒服服地抱着一个——一个娃儿,而且要什么有什么!"台特北先生把这句话也堆上去,简直说得小约翰尼的福气已经登峰造极了。"难道你非要把家里搞得一片荒凉,把爹娘逼疯不成?你非要这样吗,约翰尼?呢?"台特北先生每次发出这句话时,都摆出又要打他耳光的姿态,随即又改变了主意,放下手来。

"哎呀,爸爸!"约翰尼哭了,抽抽噎噎地说,"别的我真的什么也没干呀,我一直是好好看着萨莉,哄她睡觉的呀!哎呀,爸爸!"

"我希望我的小女人快快回来!"台特北先生的心软下来了,后悔了,说道,"我的小女人快快回来才好啊!我实在对付不了他们,他们闹得我头昏眼花,毫无办法了呀!唉,约翰尼!你的好妈妈给了你一个这么可爱的小妹妹;你还不心满意足吗?"他指的是小莫洛克神,"前头生的你们这七个都是男的,要有个女的却半点儿希望也没有。而你的好妈妈却忍受了那番苦难,还不是为了让你们大家有个小妹妹吗?难道你就这么没心肝,非闹得我晕头转向不可吗？"

接下来他和他那挨耳光的儿子彼此渐渐生了柔情，他自己呢，更是越来越心软，把儿子拥抱了一下，收了场，马上转身捉拿真正的罪犯去了。这下子可出现了一个相当好的开端啦。他只跑了没几步，可是步子麻利灵巧，又猛地床上床下蹦跳，施展了点儿越野赛跑本领，再在随处乱放的椅子中间绕来绕去了一阵子，总算大功告成，抓住了一个小鬼。他给了他该受的惩罚，随即把他撵上床去。这个儆戒对那个扔靴子的小孩确实起了强有力的影响，同时显然也发生了催眠作用，因为只不过片刻之前，他还是睁大着眼睛，意气扬扬，不可一世的，这会儿却马上呼呼入睡了。这个影响也波及了那两个小建筑师，他们偷偷地飞奔进隔壁的小房间，忽然一下子都上了床。那被袭击者的对方伙伴也同样战战兢兢地缩进了被窝。当台特北先生停下来喘口气时，万万没有料到自己已经处在一派大好的和平气氛之中了。

"要让我的小女人亲自出马，"他擦抹着涨得通红的脸说，"恐怕也不见得能处理得更好吧！我可真希望我的小女人亲自试试，我可真希望哪！"

台特北先生转向那个屏风，要在裱糊在上面的报纸上找一段适合于此时此刻，让他的孩子们铭记于心的引文，接着就念了起来。

"千真万确的事实是，'所有杰出的非凡人物都有出色的母亲，到了晚年都十分尊敬自己的母亲，把她们当作最好的朋友。'想想你们自己这位出色的母亲吧，孩子们！"台特北先生说，"趁她还活在你们中间的时候，好好地多多认识她的可敬可贵之处吧！"

他又回到炉火旁，坐在椅子上，定了一下神，盘起了腿，看报了。

"谁要再下床来，我可不管是谁，"台特北发表这一纲要性的宣言时，他的心肠已经完全软下来了，"'将临到那位可敬的同时代的人的，必是极大的惊讶无疑！'"后面这句话是台特北先生摘自屏风上的报纸上的，"约翰尼，我的孩子，好好照料你唯一的妹妹萨莉吧！她可是你小小的额头上最闪亮的宝石哪！"

约翰尼就着一个小凳子坐下，无限忠诚地让莫洛克神重重地压在自己身上。

"啊！约翰尼，对你来说，这个娃娃是多么顶呱呱的礼物哪！"他的父亲说，"你真该谢天谢地才是呢！约翰尼啊！"说到这里，台特北又引用起屏风上的报纸上的话来了，"'有一件不为一般人所知的有案可稽的事实是：根据精确的统计，不到两岁就夭折了的婴儿，占有如下的极大百分比，也即——'"

"哦！爸爸，请您别往下念了！"约翰尼哭着说，"想到萨莉，让我再听下去，我实在受不了啦！"

台特北先生停下不念了，而约翰尼对于自己所受的委

47

托，更加强了责任感。他抹了抹水汪汪的双眼，便继续哄他的小妹妹了。

"你的哥哥道弗斯今晚可来迟了，约翰尼，"父亲边说边拨着炉火，"等他回到家，准成了个冰人儿了。你的宝贝妈妈也怎么啦？"

"来啦，来啦，妈妈来啦！我想，道弗斯也来啦！"约翰尼叫了起来。

"没错，没错！"父亲答道，一边侧耳听着，"是的，是我那小女人的脚步声！"

台特北先生究竟有过怎么样的一番归纳过程，才得出他太太是个小女人的结论，这可是他守口如瓶的个人秘密。因为他太太的个子可顶上他两个人那么大而绰绰有余呢。单独地看去，她已经是结实胖大非凡；跟她的丈夫一对照，她的体积更是魁梧可观；如果看了她，再看看她那七个小不点儿的孩子，不相称得准叫你触目惊心。然而总算萨莉让她的妈出了风头，对此再清楚不过的是牺牲品约翰尼，因为只有他一天到晚称了又称这尊要命的小偶像的体重，量了又量她的大小长短！

台特北太太刚才上街买了菜，这会儿挎着个篮子回家，她一进门就把帽子围巾一股脑儿往后一甩，累得往椅子上一摊，却又马上命令约翰尼快快把他怀中的宝贝儿抱过来吻吻。约翰尼立刻依从了，然后再回来坐在自己的小凳上，再把自己给重重地压在娃娃的下面。小少爷阿道弗斯·台特北①这时候已经解开他那似乎长得没个尽头儿的红色大围脖,露出了他的身躯。他也提出了同样的要求,约翰尼也照样依从了,然后又回来坐在自己的小凳上,再把自己给重重地压在娃娃的下面。不料台特北先生心血来潮,突然想到为父的也有权提出这要求。于是约翰尼也满足了这第三个愿望,可是如此疲于奔命,这个牺牲品已困顿不堪,几乎都回不到自己的小凳旁了;他坐下之后,又把自己给重重地压在娃娃的下面,冲着诸位亲人,呼哧呼哧地喘个不停。

"不管你干什么,约翰尼,"台特北太太晃着脑袋说,"都得把妹妹照管好,要不,就甭想再见你妈的面!"

"也甭想再见你哥哥的面!"阿道弗斯也这么说了。

"也甭想再见你爸爸的面!约翰尼!"台特北先生也凑了一句。

约翰尼听了这种附有条件的弃绝他的声明,心里非常难过,低下头去看莫洛克神的眼睛,觉得到目前为止,这双眼睛还好着呢,于是熟练地用手轻轻拍着她背脊的最上方部位,用脚把她左右摇晃起来。

"你身上湿了吧,道弗斯,我的孩子?"父亲说,"过来,坐在我的椅子上烤烤火吧!"

"不用了,爸爸,谢谢您,"阿道弗斯说着,用手平了平衣服,"我身上并不很湿,我不觉得湿。我的脸很亮吗,

---

① 阿道弗斯是道弗斯的全称。

爸爸？"

"是啊，确实像是上了蜡似的，我的孩子。"台特北先生回答。

"是风吹雨打的，爸爸。"阿道弗斯一边说一边用短上衣的破袖子摩擦双额，"又是雨又是雨夹雪，又是风又是雪的，还有雾，这样我的脸就往往肿起来，有时还要烂哩。而且还发亮，就是要发亮——啊，不是吗？"

小少爷阿道弗斯从事的也是报业；一家比他父亲的公司兴隆些的报馆雇他在火车站上叫卖报纸。在车站上，他那圆柱似的矮小身躯，活像穿得破破烂烂、化装出行的爱神丘比特，以及他那小尖嗓子（他刚过十岁），正和那些进进出出、喘声刺耳的火车头一样，为人人所熟悉。要不是幸亏他发明了一种自娱办法，让他这么点儿年纪就干这个行当，他的童年精力是难以得到无害的发泄的。他把漫长的一天工夫划分成几个有趣的阶段，同时又不玩忽职守、影响买卖。正如许多伟大的发明那样，他这个巧妙发明的出色之处就在于简单平易，只要在一天的不同阶段里，接着英文字母的排列次序，把"报纸"（paper）这个字的第一个母音字母轮流更换为所有其他的母音字母。因此，在冬天拂晓之前，他头戴油布小帽，身披油布斗篷，颈裹大长围巾，来回奔跑着，那时他那划破了阴沉空气的小尖嗓音喊的是"拍坡！拍坡！"（paper），及至午前十一点钟左右，他喊的是"排坡！排坡！"（pepper），到了午后两点钟前后，

50

他改口喊了"劈坡！劈坡！"（pipper）。这样喊了两个多小时，他又改口叫卖"跑坡！跑坡！"（popper）起来；然后随着夕阳的下沉,他也就降音为"爬坡！爬坡！"（pupper）了。这时候，这位小小先生的心情轻飘飘的，真是高兴得无可名状啦！

他那位有教养的妈妈台特北太太，像前面已经说过的那样，把帽子和围巾往后一甩，坐在那儿，她若有所思地捏着手上的结婚戒指，把它转了又转，这会儿她站起身来，脱下出门才穿的外衣，着手铺起晚餐的桌布了。

"哎呀，天哪！天哪！天哪！"她说，"世道敢情就是这么个样儿哟！"

"世道是怎么个样儿呢，亲爱的？"台特北先生朝四下里望了望，问道。

"噢，没什么！"台特北太太说。

台特北先生抬了抬眉头，重新折起报纸，眼睛瞪着报纸往上一扫,往下一扫,又横扫了一下,他茫茫然心不在焉,可不是在看报哪！

而台特北太太呢，这会儿正在铺桌子，可是与其说她在为一家子预备晚餐，不如说她在狠狠地虐待那张桌子。因为她抓起刀叉往桌上哗啦啦一摔，把盘子呀碟子呀砰砰往下放，那只盐缸更是几乎把桌面磕个凹痕，又把面包使劲朝桌上一扔。按说她根本没有必要这样做呀！

"哎呀，天哪！天哪！天哪！"她又说，"世道敢情就是这么个样儿哟!"

"我的爱,"她的丈夫四下里环顾了一周,问道,"你刚才说过这句话了,世道是怎么个样儿的呢?"

"噢,没什么!"她说。

"索菲娅!"她丈夫苦苦劝说,"你说过这句话的呀!"

"好,你要听,我可以再说,"台特北太太说,"噢,没什么——听吧!还要听吗?噢,没什么——听吧!还要听吗,噢,没什么——嗨!"

台特北先生转过眼睛盯住他的心腹伙伴,他委实有点儿诧异了。"我的小女人呀,什么害得你生气了?"

"我哪里知道?"她反诘道,"别问我。谁说我生气来着?我从来不生气的。"

台特北先生放弃了看报,就像它是一项倒霉活儿似的,背起手耸着肩,一步一顿地走到屋子那头——他的步态和他那无可奈何的神态完全吻合——对着他的两个最年长的后代说:

"你的晚饭马上就要好了,道弗斯,是你妈冒雨出去从小饭馆里买来的。你妈实在太好了。你一会儿也可以吃晚饭了,约翰尼!喂,你妈很喜欢你呢,因为你把你的宝贝妹妹照管得很细心周到哪!"

台特北太太并没有说什么,可是对桌子的憎恨显然已经消了些,这时已把桌子安排就绪,于是从她的大篮子里取出一大块用纸包着的热乎乎的豌豆布丁和一个盖着茶碟的盆子。她一掀开茶碟，立刻冒出一股香喷喷的气味，两张床上的三双小眼睛忽地睁得滚圆，紧紧盯牢那份筵席。台特北先生却没有注意到这个默默邀请就席的表示，仍然站在那儿慢吞吞地重复着说："是啊，是啊，你的晚饭马上就要好了，道弗斯——是你妈冒雨出去从小饭馆里买来的，你妈实在太好了。"——他这么说着说着，而台特北太太则在他身后这般那般地表示自己已经反悔，这会儿突然搂住他的脖子哭开了，这才打断了他的啰唆。

"啊，道弗斯哟！"她说，"我怎么搞的，会变成这个样儿的呀！"

他们就这么言归于好了。这深深感动了小阿道弗斯和约翰尼，他俩不约而同地凄凄切切地哭开了。这下子可吓得床上的三双圆睁着的眼睛马上闭上，余下的两个小台特北刚从隔壁小屋悄悄溜出来，要看看有什么吃的喝的，也吓得拔腿往回跑。

"我呀，道弗斯！"台特北太太抽抽噎噎地说，"我呀，回家的时候，我呀简直像是个还没生下来的娃娃那样没有脑子——"

台特北先生似乎嫌恶这个比喻，当下就发表了自己的意见："还是说'婴儿'吧，我的爱！"

"——像是个婴儿一样没有脑子，"台特北太太说，"喂，约翰尼，别望着我，要望着她呀，要不然她就会从你的怀里掉下来摔死，你也就活该心碎惨死！——是啊，我回家的时候真像这小宝贝一样，怎么也没想到自己会那么暴躁，但是，不知道为什么，道弗斯——"说到这里她打住了，又捏起手上的戒指，转啊转的了。

"我懂了！"台特北先生说，"我明白了！我的小女人是给害得生气了。本来嘛，艰苦的年代、艰苦的天气、艰苦的活儿是常叫人耐不住性子的。我明白了，啧啧！这也难怪你啊！道弗斯，我的孩子，"台特北先生接着说，一边用叉子拨着盆里的菜，"瞧，你妈从小饭馆买回来的不光是豌豆布丁，还有这香喷喷的红烧猪的整个儿蹄髈呢！瞧，上面的脆皮还不少，调味卤汁和芥末也真多哪！拿过你的盘子来，我的孩子，快趁热吃吧！"

小少爷阿道弗斯无须第二次召唤，就忙不迭地接过他的份儿，馋得一双眼润湿，几乎要淌下泪来，退回到自己的凳子上，猛扑向他的晚餐。约翰尼没有被人忘掉，可是他的那份肉是搁在面包上，为的是避免肉汁淌开、滴到娃娃身上。还吩咐他把布丁放进口袋，等要吃的时候再掏出来，也为的是同样缘故。

猪蹄髈上的肉原该比现在留在上面的要多一点儿的——毫无疑问，这是因为小饭馆的切肉师傅并没忘记，已经把那些肉切给捷足先登的顾客们了——然而加在上面的调味佐料可浇得一点也不吝啬，而这种辅助品确实使人朦朦胧胧地联想到猪肉，使人的味觉受到了蒙骗还乐滋滋的呢。豌豆布丁跟卤汁和芥末一样，也如同东方的玫瑰和夜莺两者之间的关系①，虽然它们本身并非猪肉，可却是猪肉的近邻；因此，大致说来，扑上鼻来的倒确是一只中等个子的猪的香味。床上的小台特北们对这股香味可再也抗拒不了啦，他们虽则装出一副安睡的模样，可是一见爹娘没留神他们，就纷纷溜下床来，悄悄央求着两位哥哥，在吃食方面表示一下手足之情。那两个做哥哥的原本不是硬心人，也就依顺了，给了他们一点剩余的碎肉，这一来可惹得这队身穿睡衣的散兵分遣队满屋子飞奔个没停，闹了整整一顿晚餐的工夫。台特北先生给搅扰得忍无可忍，有一两回被迫不得不诉诸武力，冲锋陷阵，这伙小游击队员这才四面八方狼狈逃窜而去。

台特北太太并没有快快乐乐地吃她的晚饭。她好像有什么心事，一会儿莫名其妙地大笑起来，一会儿又莫名其妙地大哭，最后竟至又哭又笑，看那神态简直已经丧失理性，她的丈夫见状大惊失色。

"我的小女人，"台特北先生说，"如果世道是这个样儿，看来是不对头了，也害得你噎成这样儿！"

"给我一点水，"台特北太太挣扎着说，"暂时不要跟我说话，也不要理我。不要！"

台特北先生把水递给她以后，倏地转向满怀同情，可又倒霉的约翰尼，责问他为什么好吃懒

---

① 诗人常把玫瑰与夜莺相提并论，作为美的象征。

做,迷了心窍,老待在那儿,还不赶快把小妹妹抱过来,让妈妈见了乐了好恢复元气。约翰尼哪敢耽搁,立即把小莫洛克神抱上前去,一路上被压得直不起腰来;但是台特北太太却伸手示意目下她受不了这种痛苦的情感波动,制止约翰尼再往前跨一寸,要是不听,就要遭受所有亲人的永久怨恨;约翰尼只得退回到他的小凳旁,和先前一样让自己又给重重地压在下面了。

歇了一会儿,台特北太太说她觉得好些了,说罢又笑了起来。

"我的小女人,"她的丈夫半信半疑地说,"你是不是真觉得好些了?还是又要朝一个新方向发作了,索菲娅?"

"不,道弗斯,不会再发作了,我现在很正常了。"她说着就整理一下自己的头发,接着用两个手掌蒙住眼睛,又笑了起来。

"我多坏多傻啊,竟然会转了一会儿那样的念头!"她说道,"靠近点儿,道弗斯,让我把我的想法告诉你,好宽一下我的心。让我把一切都告诉你。"

台特北先生把椅子搬过来,挨她近些坐下;台特北太太又笑了,把他拥抱了一下,揩着眼睛说:

"你知道,道弗斯,我亲爱的,我还是个闺女的时候,原来是有几个人可以选择的。曾经有一个时期,四个人同时追求我,两个还是马斯[①]的儿

---

[①] 马斯是罗马的战神,台特北太太意指军人。而台特北把"马斯"误听成"妈"。

56

子哩!"

"我们都是妈的儿子呀,亲爱的。"台特北先生说,"我们都是妈和爸两个人的儿子呢。"

"我不是这个意思,"他的太太说,"我指的是军人——是军士。"

"噢!"台特北先生应了一声。

"可是,道弗斯呀,我现在真的已经不想那些往事,也不后悔什么了;而且我真的相信自己是嫁了一个很好的丈夫,我要好好地对待他,来证明我爱我的丈夫,就如……"

"就如世界上任一个小女人那样,"台特北先生说,"很好!很好!"

说到台特北先生,如果他身高十英尺,他也不会因为台特北太太这仙女般的身材,而表示比目前更温柔的体贴;再说台特北太太呢,她如果身高只有两英尺,对于这样的体贴,她也不会因为自己的矮个子而感到比目前更合适,更该受得了。

"但是你要知道,道弗斯,"台特北太太说,"现在正是圣诞节日呀,所有玩得起的人都要玩玩,所有富裕的人都高兴花点儿钱。刚才我在街上的时候,不知怎的,觉得没精打采起来。街上到处有那么多东西出售——都是些好吃极了的东西,漂亮极了的东西,都是些可爱极了的该买的东西啊——可我呢,划算了又划算,斟酌了老半天才鼓起勇气,掏出了一枚六便士,买了一件最最平凡的东西。

57

我的篮子那么大，需要放进篮子去的东西有那么多，而腰包里的钱又那么点儿，能买的东西真是少得可怜啊！——你恨我了，道弗斯，是不是？"

"现在还不怎么恨。"台特北先生说。

"好吧，我全都告诉你吧！"他的太太接着说下去，神情很悔恨，"那样你就可能会恨我了。刚才我在冷风里拖着沉重的两条腿，看看这个又瞅瞅那个的时候，见到许多别的也在打算盘的面孔，挎着的是他的大篮子，拖着的也是沉重的腿儿，我心里烦透了，不由得有了这么个念头：我会不会过得好点儿，会不会幸福点儿呢，假如——我——没有——"台特北太太又转起手指上的结婚戒指来，一边不住地摇着耷拉着的脑袋。

"我明白了，"她的丈夫很温和地说，"你是说：假如你根本没结婚，或者假如没嫁给我，嫁的是别人，对不对？"

"是的，"台特北太太哽咽着说，"我真的就是这么想来着。你现在可恨我了吧，道弗斯？"

"啊，不，"台特北先生说，"现在还不觉得恨。"

台特北太太满心感激地吻了他一下，又接着说下去："虽然我恐怕还没有把最最糟的告诉你，道弗斯啊，可我已经开始希望你不会恨我了。我弄不懂究竟我受了什么影响。我不知道当时自己是不是病了，或是疯了，还是怎么的；当时我怎么也想不起是什么把我俩拴在一块儿结成夫妇，也记不起是什么使我乖乖地安于天命。我们所经历过

58

的欢乐和享受——它们全都显得微不足道,毫无意思,我简直恨起它们来,恨不得把它们统统踩在脚下。除了我们的贫穷和家里等着吃饭的那么多张嘴以外,当时我什么也记不起来了。"

"是的,是的,我亲爱的,"台特北先生握着他的手鼓励她说,"你说的总归是实情啊!我们确实是穷,家里也确实是有许多张等饭吃的嘴!"

"哎呀!可不是嘛,道弗斯啊道弗斯!"她双手搂住他的脖子哭着说,"我的善良、有耐性的、体贴人的好老伴哟,可是我回到家只那么一会儿工夫以后——一切都变了!哦!道弗斯,亲爱的,变化可大极啦!我只觉得霎时间种种回忆汹涌澎湃地向我冲来,我那颗铁硬的心顿时软了下来,那些回忆把我的心填得满满的,眼看就要爆炸了。我们为谋生所作过的一切挣扎,我俩婚后的所有操劳和穷困,所有那些卧病的日子,所有那些彼此看护或者由孩子们看护我们的每个钟点,这一切好像都在向我说话,告诉我说,就是这一切把我们结合成了一个人;也告诉我说,我从来就不会,不能,也不愿意成为另外一个人,我只会、只能也只愿意做你的妻子和这些孩子的妈妈。刚才我竟然那么冷酷,要把它们踩在脚下的那些便宜的享受,现在我觉得宝贵极了——啊,宝贵极了!可爱极了!——刚才我竟然那样对待它们,现在想起来实在受不了啊!我已经说过,现在还要说上一百遍:刚才我怎么竟然会有那样的态度,竟然忍心抱着那样的态度啊,道弗斯!"

这位好女人贞洁而厚道,此时又痛悔地自责,哭得伤透了心,这时候,却忽然尖声喊叫一声,吓得猛跳起来,跑到丈夫身后躲着。她的喊声恐怖极了,已经入睡的孩子们都从梦中惊醒,统统爬下床来,团团把她围住,偎依着她。当她指向一个已走进屋来、身披黑斗篷、脸色苍白的男人时,她凝视的目光中的恐惧并不亚于她的喊声。

"看那个人!看呀!他来干什么呀!"

"亲爱的,"她的丈夫回答,"放开我,我要去问问他。怎么啦,瞧你哆嗦成什么样儿了!"

"刚才我出门的时候,在街上已经看见过他。刚才他瞅着我,站得很近,我很怕他!"

"怕他!为什么怕他?"

"我也不知道为什么——我——别去!丈夫!"因为他正朝着那个陌生人走去。

她一只手按在前额上,另一只手按在胸口,顿时从头到脚出现一种古怪的颤抖,两个眼珠慌乱地翻转个不停,好像她丢失了什么似的。

"你病了吗,亲爱的?"

"什么又从我脑子里溜走啦?"她低声嘟哝着,"溜走的到底是什么呀?"

说完她又突然回答她丈夫的问话:"病?没有哇!我好着呢!"她站在那儿呆呆地望着地板。

她开头恐惧万状的模样所留给她丈夫的影响还没完全消除,此时她这副古怪的表情又弄得他惶惶不安。他对那个身披黑斗篷、脸色苍白的来客说话了,只见那人呆若木鸡,双眼低垂着盯住地板。

"先生,请问你来这儿有何贵干?"

"恐怕我吓了你们一跳了,因为我进屋时你们没有看见,"那个不速之客说,"不过也因为你们正在谈话,没有听见我走进屋来。"

"我的小女人说——也许你已经听见她说了,"台特北先生答道,"她说今天晚上你把她吓成这样子已经不是第一次了。"

"我很抱歉!我记得刚才在街上碰到她的时候,我只把她观看了一会儿工夫。我并不是有意要吓唬她。"

当他抬起眼来说话时,台特北太太也抬起眼来。这时,出现了一件离奇的事:看神情,台特北太太怕他是怕得要命,而他呢,见了她那么害怕他自己,也怕得要命——然而他瞅她的眼光却是多么严密、多么专注呀!

"我姓雷德劳,"他说,"我是从离此不远的那个古老学院来的。学院里的一位学生住在你们家里,是不是?"

"是丹海姆先生吗?"台特北问。

"是的。"

小个子台特北还没有再开口说话,却伸手把前额横抹一下,眼睛朝屋子里迅速地扫了一周,仿佛觉得空气里起了什么变化。这个动作十分自然,轻微得几乎觉察不出。化学家雷德劳立刻把瞅着他太太的那种害怕的眼神移到他身上,向后倒退了一步,脸色变得更苍白了。

"先生,那位学生的房间在楼上,"台特北说,"有一个更方便的由他独用的楼梯口;不过你既然已进屋来了,那就不必再走出去受冷,就从这个小楼梯上去好了,"他指着一个通向小起坐室的楼梯说,"如果你要看他,就打这儿上去吧!"

"是的,我要看他,"化学家说,"可以借给我个亮儿吗?"

他的眼神呆滞,死死地盯着台特北,又有一种费解的猜疑神情,使他的眼神益发阴沉。台特北先生踌躇不安,顿住了;接着也死死地回盯着他,站在那儿一动不动,约莫有一两分钟,活像一个失去知觉的人,又像是着了魔。

最后他终于开腔了:"我给你照亮儿,先生,请跟着我走吧。"

"不,"化学家答道,"我不要人陪我去,也不要人向他通报我来看他。他并没想到我会来,所以我还是自己去的好。如果可以,还是请你借给我个亮儿,我会找到路的。"

他那么急切地表示借个亮的愿望,以致从报贩台特北手里接过蜡烛来的时候,在台特北的胸膛上碰了一下。他赶忙缩回手,几乎像是他在无意中已经伤害了他一样(因为他不知道他新近得到的魔力究竟藏在自己身上哪个部

62

分，也不知道那股魔力是怎样传给人的，也不知道人们以怎样各异的方式接受这种魔力），然后转过身去，登梯上楼了。

不过当到达楼梯尽头时，他站住了，朝下边望着。这时台特北太太仍旧站在老地方，不停地转着手上的结婚戒指；她的丈夫则脑袋垂到胸前，绷着脸，闷闷不乐地沉思着；孩子们依然围住妈妈，怯生生地望着来客的背影，一见他回头朝下边望，倏地像一窝小鸟似的紧紧偎依成一团。

"嗨！"父亲粗暴地喝道，"够啦，够啦！还不快快给我滚上床去！"

"没有你们在这儿，这地方就已经够窄、够碍手碍脚的了，"母亲也附和着喝一声，"快给我滚上床去！"

那一窝吓坏了的、可怜巴巴的小鸟儿，忽的一窝蜂飞走了。小约翰尼抱着妹妹拖在最后。母亲用不胜轻蔑的眼光，把这间邋里邋遢的屋子扫了一周，抖掉身上的晚饭碎屑，正要着手收拾桌子，却又改变主意，坐了下来，垂头丧气、懒洋洋地陷入沉思默想。父亲走到炉边，不耐烦地把那一小堆炭火耙到一块儿，整个人趴在上面，仿佛有意要独占那份火。他们两人都不吭声，谁也不理谁。

化学家的脸色更苍白了，他像个贼似的悄悄溜上楼去，回头瞧见楼下所起的变化，吓得进退两难，既害怕往前走，又害怕往后退。

"刚才我干了些什么来着！"他心乱如麻地自言自语

63

道,"现在我又要去干什么啦!"

"去当一名人类的恩人!"他觉得有一个声音这样回答他。

他四下里望了望,什么也没有;这会儿在他跟前是个过道,挡住了他的视线,他已瞧不见楼下那个小起坐室了。他的眼睛只顾朝着瞅着自己所走的路,奔向前去。

"我独自一个人闷在屋子里,仅仅是从昨晚才开始的呀,"他悻悻地咕哝着,"可是怎么搞的,现在我觉得一切的一切都这么奇怪。我对自己也觉得奇怪。我在这儿,像是在梦中。我对这个地方又有什么兴趣呢?我对所有能够想得起的地方又有什么兴趣呢?我的脑子已经变得昏聩不堪了!"

一个房门出现在他的跟前了,他伸手敲了敲。从屋子里传出一个声音请他进去,于是他推门而入。

"是我的好心肠的看护吧?"那个声音说,"噢,我根本没必要问这句话,除了她没人会来这儿的。"

那声调有气无力,可却高兴愉快。雷德劳定睛望过去,看见一个青年人躺在一张已被拉到炉前的睡椅里,椅背朝着门。一个小里小气的火炉,又窄又矮,砖是砌在壁炉的中心,活像病人凹陷瘦削的面颊。那个小炉子里的火连壁炉都烤不暖,而青年人的脸就对着那团火取暖。那火离四面通风的屋顶很近,因此燃烧得很快,只听得连续不断的啪嗒啪嗒声,燃烧着的灰烬不住往下落。

"炭灰撒下来的时候就是这么啪嗒啪嗒响的,"学生微笑着说,"因为爱闲聊的那帮人总说它们不是棺材,而说它们是当当响的钱包呢,所以只要上帝觉得那样好,我将来总有一天会强壮起来、富裕起来,也许还会活得很久,那么我就能够去爱一个名叫米莉的女儿,借此来纪念一个世界上最仁慈的人,一颗世界上最善良的心!"

他朝上伸出一只手,像是期待那个好心肠的看护去握它,可是由于体弱乏力,仍然躺着一动不动,脸靠在另一只手上,没有转过头来。

化学家打量了一下整间屋子——望了望堆在屋角一个桌子上的书本和纸张,在那儿还有一盏熄灭了的、供学习用的油灯,如今已经禁止他使用、被收藏在一旁。这些东西足以说明这个学生病前是多么刻苦攻读,而且也许也正是这些书本和纸张累倒了他,使他卧床不起;望了望挂在墙上、久搁不用的户外行装,它们象征着他病前的健康状态和行动上的自由;望了望摆在壁炉架上那几个小巧的小画像和家乡的风景画,这些东西促使他追怀不像现在那么单独冷清的其他情景;化学家的眼光最后落到的是那个学生发奋好胜,也许也是自我欣赏的征象:一张装在镜框里的版画像,那是他本人,同时也是他发奋好胜的见证人。过去,而且就在昨天,要是让雷德劳见到这些和眼前这个活人有着即使只是间接又间接的联系的有趣物件,他也一定会看得出神入迷。可是现在呢,在他看来,它们只不过是些物体而已；再说，即使当他摸不着头脑，呆呆地站在那儿，四下里张望着的时候，有一丁点儿这种联想在他的心里闪过，那也只有使他更为困惑不解，他依然是怎么也无法领悟的。

那学生伸出手以后，见到半晌没人碰触，便抽回手去，从睡椅上欠起身子，扭过头来望望。

"雷德劳先生！"他大吃一惊，站起身来，喊道。

雷德劳伸出一只胳膊，说："不要走近我。我就坐在这儿。你得待在原来的地方！"

他在靠近房门的一把椅子上坐下，看到青年人一手撑在睡椅上，斜倚着站在那儿以后，他便把眼睛转开，望着地板说道：

"由于一个偶然的机会，我听说我班上有一个学生病了，又是独个儿住着。至于是什么偶然的机会，就不必管它了。我只听说他住在这条街上，旁的一无所知。可是我走进这条街的头一所房子，一打听就找到了你。"

"先生，我已经病了些日子，"学生回答说，他不仅态度谦虚谨慎、迟迟疑疑，对他的老师还存着一种敬畏的心，"不过现在已经好多了。一种热病——我想是脑炎——把我折磨得很衰弱，不过现在已经大大好转了。我不能说自己在病中是寂寞的，要那么说，那我就是把那位始终守在我身边、伺候我的好人忘得一干二净了。"

"你说的是学院看门人的太太。"雷德劳说。

"是的。"学生说着低下头去，好像在默默向她致敬似的。

化学家的心里一片冷酷，自始至终无动于衷。昨天他吃晚饭时一听说这个学生的处境，就跳将起来，可是现在他已经不像是还在呼啊吸啊的他本人，而简直像是死去了的他的坟墓上的一尊大理石像。这时候，他又望了一下把手撑在睡椅上斜倚着的学生，然后垂下眼望望地板，又抬起眼望望空中，仿佛在为他那一片混沌的脑子寻求一线光明。

"刚才楼下的人提到你的名字，那名字我是记得的，"他说，"我也想得起你的面孔。我们彼此很少有过个人的接触吧？"

"很少。"

"我想你比其他的学生更要躲避我，是不是？"

学生表示了同意他这句话。

"这是为什么？"化学家没有丝毫关心的表情，只是出于一种阴郁而任性的好奇心问道，"为什么呀？在这样大冷天，所有的学生都四散回家，唯独你偏偏有意不让我知道你躲在这儿，生病也瞒着我，这究竟是什么道理？呃，我要知道为什么！"

那青年人越听越激动不安，抬起原先低垂着的眼皮望着化学家的脸，然后交叉起十个手指，至此他的情感突然爆发，嘴唇抖颤颤地嚷起来了："雷德劳先生啊！你已经发现了我，也知道我的秘密了！"

"秘密？"化学家粗声粗气地说，"我知道？"

"是的！你对那么多人非常关切，非常同情，因此大家都敬爱你；可是你这会儿对我的态度却完全不同；你对我说话的声音也变了；从你的表情、从你的每一句话也都可以察觉出你在抑制着自己——这一切都告诉我你是认识我的。而你呢，甚至事到如今了，还把真情隐瞒着我，故意装作不认得我。光凭这一点就足以证明（唉！上帝知道我是不需要这样的证明的！），就足以证明你生来就是仁慈的，同时也证明了在你我之间有着隔阂啊！"

来自化学家的回答只是一声轻蔑傲慢的空洞的笑声。

"但是，雷德劳先生，"学生说，"你既然是一位正直善良的人，你得想一想，我除了自己的姓和自己的血统之外，我实在是无辜的呀！是人家对不起你，使你忧伤，我可什么也没干呀！"

"忧伤！冤屈！这些对我又算得了什么呢？"雷德劳用嘲笑的口吻说。

"先生呀，请你看在上帝的分上，"学生害怕得畏缩了起来，苦苦哀求道，"千万不要就因为和我交谈了这么几句话，你就变成这个样子！从今以后请你仍旧只当不认得我，仍旧不要注意我吧！我也仍旧混在你那群学生中，待在那跟你保持着距离的地位上，跟别人也仍旧不多接触，请你仍旧只知道我的假姓，而不知道我实际上姓朗福特吧！……"

"朗福特！"化学家嚷了起来。

他举起两手紧紧抱住脑袋，他那张原本有理智、有思想、此刻似乎理解事情的脸关切地转过去对着青年人，盯了他一忽儿。但是犹如从云缝里透出来的阳光一闪即逝那般，他的脸也只闪了一下光，随即又让苦恼的阴影笼罩上来了。

"这是我母亲婚后用的姓，先生，"青年人结结巴巴地说，"其实她原可以嫁一个好丈夫，取一个比较体面的姓的。雷德劳先生，"他踌躇了一下，又接下去说，"我想我是知道那段历史的。凡是脱节的内容，我都可以凭猜想给它补全，而且不会离事实太远。我是一个双方不相配、不美满的婚姻的产儿。我从小就一直听到我母亲提起你来就深深地引以为荣，十分敬重——几达虔敬的程度。我听她谈论你是如何忠诚，既刚毅又温柔，如何在逼得人心灰意懒的坎坷困境中不屈不挠。因此自从我的幼小的心灵受到母亲这样的教诲之后，在我的脑海中，你的名字上就有着无比灿烂的光辉。那么，像我这样的一个穷学生不找你学习，还找谁呢？"

雷德劳听了这番话丝毫无动于衷，态度也一点儿没变，只是皱起了眉头瞪眼望着他，既不搭腔，又无任何表示。

"在我们学生当中（尤其是在出身最卑贱的学生当中），每逢提到雷德劳先生的大名，我们就产生一种深深感激、无限信任之感。你具有赢得我们这份感情的某种力量；而且从你的这股力量里，我发现了你过去那仁慈忠厚的痕迹，当时给我留下的印象和感动我的程度，实非语言所能表达，我无论如何是没法表达的啊！"学生接着说，"先生，你我的年岁和地位相差太大了，我对你又已经习惯于抱着敬而远之的态度，因而不管什么时候接触到有关你的这个题目（哪怕只是稍稍接触一下），我就会对自己的冒昧自大感到诧异。但是，先生呀，虽然我回避着你，我对你是怀着无可言喻的感情的呀！这对于你——对于曾经一度非常关怀我母亲的你来说，该会感到还可以一听的吧，尤其是一切都已时过境迁了。我还要告诉你的是：我明知只是你说一句鼓励的话，我就可以大得益处，而我却始终疏远着你，不上前领受你的鼓励，我这么做是多么痛苦、多么勉强啊！然而我认为我还是应当坚持这样做下去，我应当满足于只要我知道你是谁，不必让你知道我是谁。因为这样比较适宜。"学生乏力地说，"雷德劳先生，我所要说的话都已说了，可是都没说好，因为我的身体还很弱。如果你觉得在我这番胡言乱语中有什么不足取之处，千万请你原谅。为了其他的一切，把我忘掉了吧！"

雷德劳一直皱眉瞪眼望着他，一点其他表情都没有，直到学生说最后这句话，向他走去似乎要握他的手时，他才急忙往后退，大喝一声："不要再走近我一步！"

他那么忙不迭地退缩，又那么严厉地拒绝学生和他接近,使学生大吃一惊,站住了,随后举起手来,在前额上横抹了一下,好像有什么心事似的。

"过去的事已经过去了,像讨厌的畜生一样死去了。"化学家说,"谁在对我讲在我的生活中还留着往事的痕迹?他不是在胡说,就是在扯谎!你的病态的胡思乱想跟我又有什么相干?如果你要钱,给你就是。我是来给你送钱的,光为这事而来的,也不会有旁的任何事把我带到这儿来!"他嘟哝着,两手又把脑袋紧紧抱住,"根本不可能有旁的任何事,但是……"

他把钱袋往桌上一扔,他刚迷迷糊糊陷入一种恍惚的思考状态,学生就抓起钱袋,向他伸过手去。

"请你拿回去吧,先生。"他虽然并没有生气,可是却骄傲地说,"我希望你不但收回这个钱袋,也使我忘了你对我所说过的话和你给我送钱来这回事。"

"你当真不要?"化学家的眼睛冒着狂暴的怒火,用反诘的口吻问道,"当真?"

"当真!"

化学家向学生走去,他这还是头一次走近他,接过钱袋,拽着他的一只胳膊,把他的身子转将过来,两眼直瞪瞪地盯着他的脸说。

"在病中是有忧伤和烦恼的,对不对?"化学家好像追究什么似的一边发问一边笑着。

学生感到迷惑不解,茫然答道:"对!"

"得了病会觉得不安、焦躁、挂虑,在肉体和精神方面都受着连续不断的苦痛,在这一切之中都有忧伤和烦恼,是不是?"化学家发疯似的狂笑着说,那笑声听了令人毛骨悚然,"最好是把它们全忘掉,对不对?"

学生没有答话,只惶惶然地又用手把前额一抹。雷德劳还抓着他的袖子。正在这当儿,从门外传来米莉的说话声。

"行了,我现在已经能看清楚了。谢谢你给我照亮,道弗斯!"她说,"亲爱的,别哭啦,爸爸和妈妈明天就会又好起来的,一家子也都会好起来的。有一位先生在他的屋子里,是吗?"

雷德劳留心听着门外的声音,放松了抓住学生袖子的那只手。

"打一开头,我就怕见她。"他悄声儿地自言自语着,"她有一种极其坚定稳固的善良品质,我实在害怕她会受我的影响。我可能会成为扼杀她胸中那无比善良的、最最仁慈的东西的凶手!"

她敲门了。

"我该把这个想法当作一种无聊的预感,置之不理呢,还是仍然要避开她?"他一边嘟哝着,一边忧虑不安地东张西望。

她又敲门了。

"在可能到这儿来的所有人当中,"他转向学生,惊慌失措、嗓音嘶哑地说，"我最希望躲开的就是这个人。快把我藏起来！"

学生打开了墙上的一个不牢靠的门，这个顶楼的屋顶从那儿开始向地板倾斜，门里有一间小小的内室。雷德劳仓皇跨进屋去，随手急忙把门关上。

学生于是又躺到原来的躺椅上，招呼她进屋来。

"亲爱的埃德蒙先生，"米莉走进屋来，四下里一望说，"他们告诉我说来了一位先生。"

"除了我以外，这儿没有别人。"

"来过人的，是吗？"

"是，是啊，来过人。"

她把小篮子放在桌子上，然后走到睡椅的背后，像是要去握那只她料想已经伸出来的手——但是手不在那儿。她的态度仍和往常一样娴静，只是感到有些诧异，于是弯下腰去瞧瞧他的脸，亲切地摸摸他的额头。

"今晚你没什么不好吗？你的头可不如下午那么凉呀！"

"啧！"学生使性子地说，"没有什么不舒服。"

她走回到桌子的那一边，从小篮子里取出一小包针线活儿，脸上显出更诧异的表情，但毫无责怪之意。她想了一下，又把针线包放下，在屋子里轻轻地走来走去，把全屋子的所有东西都放回原位，整理得井井有条，连睡椅上的靠垫她也去摆摆好。她是那么轻手轻脚的，尽管学生依

73

旧躺在睡椅上向着炉火发怔,却丝毫没有觉察到。她做完这些事并且把炉前打扫干净以后,就坐下来,马上忙忙碌碌然而又安安静静地做起针线活儿来,头上戴着她那顶无帽檐的系带小帽。

"这是新的细布窗帘,埃德蒙先生,"米莉边缝边说道,"虽然价钱便宜,可是挂在窗上又漂亮又清爽,也可以挡光,保护你的眼睛。我的威廉说你正在恢复健康,而且恢复得这么好,屋子里目前还不宜太亮,要不然你可能会眼花头晕的。"

他什么也没说,但是他那翻身变换位置的样子显得相当焦躁不安。她停下了她那双利落的手,很忧虑地望着他。

"这对枕头不太舒服,"她放下手里的活儿,站起身来说,"我马上就把它们摆好。"

"它们不是好端端的吗?"他说,"你别管它们好不好?你什么都小题大做!"

他抬起头来说这几句话,毫无感激表情地望着她,然后又重重地朝睡椅上一躺。米莉不由得愣住了,胆怯地站在那儿。随即她又回到自己的座位上,拿起活儿来,连一眼埋怨的目光也没向他投去,马上又像刚才一样,忙忙碌碌起来了。

"埃德蒙先生,近来我坐在你身旁的时候,常听你说你觉得'逆境成良师'这句话再真实不过了,我老想起这事儿呢。是啊,经过这一场病,你一定会觉得健康格外可贵。

而且许多年以后,在一年中这个季节又来到的时候,你记起自己怎样孤零零地躺在这个病榻上的这些日子,为的是不让你的亲人们知道,免得他们难过,那时你一定会觉得你的家加倍亲切,加倍幸福。你说,这不也是再好、再真实不过的事吗?"

她一心一意地忙着缝窗帘,说这番话时又是出于一番真心实意,再加上内心一片平静温和,因而根本就没去注意学生听了以后投向她的是怎么样的眼光。所以他那发自双目的忘恩负义的毒箭白白射在她身上,没有伤及她半根毫毛。

"啊!"米莉若有所思地歪着她那漂亮的脑袋,两眼朝下紧紧地瞅着忙个不停的手指说:"甚至连我这个人,自从你病倒以后,也因为这些事的见解受到极大感动,尽管我这个人是没法跟你相比的,埃德蒙先生,我既没有学问,又不懂得怎么思考问题。当我看到这儿楼下的那些穷人对你体贴入微的悉心照料,使你深深受到感动,那时我就意识到你甚至把你所体验的这一切看作是对于损坏健康的一种补偿;我也从你的神态看得清清楚楚,如果人间没有苦难和忧伤,我们恐怕就永远也不能觉察到我们周围是存在着善良的,恐怕连这种善良的一半都觉察不到哟!"

他从睡椅上起来了,这才打断了她的话,要不然她还有的说呢。

"我们没有必要夸大人家的长处,威廉太太,"他带着轻蔑的口气答道,"不管楼下的那些人给我当了什么额外的小差使,到时候我可能会给他们钱的;也许他们也就是指望这个。至于你,我同样也很感激喽!"

米莉听到这话,不由得停下手来看着他。

"你把事情横加渲染和夸张,并不能使我更感激,"他继续说,"你对我很关心,这我心中明白,我说我很感激你,你还要求什么呀?"

她手里的针线活儿噗地落到膝盖上,两眼依然看着他。他带着一副不耐烦的神态,在屋里走走停停地踱来踱去。

"好吧,我再说一遍,我很感激你。可是你为什么偏要向我提出种种庞大的要求,来使我觉察不到你原来就应尽的义务呢?老提什么苦难啊,忧伤啊,烦恼啊,逆境啊!人家听了还以为我在这儿已经死过二十次咧!"

"埃德蒙先生,"她站起来走近他说,"你是不是以为我提楼下的穷人为的是影射我自己?是影射我?"她手按着胸口,脸上露出一副单纯天真的笑容,惊讶地问。

"啊,我倒没有这么想,我的好人儿!"他答道,"是的,我得过一场小病,多亏你牵挂我——听清楚,我说的是牵挂——可你却大惊小怪、啰里啰唆,这一点小病根本就不值得这样;现在我的病已经好了,我们总不该没完没了地老记着它吧!"

他的态度冷冰冰的,说完拿起一本书,就着桌子坐下。

她注视了他一会儿,笑容渐渐消失,然后走回到她的

小篮子旁边，柔声柔气地说：″埃德蒙先生，恐怕你愿意独个儿安静安静吧？″

″我倒确实没有理由把你扣留在这儿。″他回答。

″除了……″米莉迟疑了一下说，拿起针线活儿给他看。

″噢，窗帘，″他傲慢自大地哈哈大笑着说，″我看不值得为了这个再留在这儿吧！″

她把小针线包重新捆好，放进篮子里，然后带着耐心恳求的神情站在他跟前，对他说话，那副神情使他没法不朝她望着。

″好吧，以后你什么时候再需要我，我会乐意再来的。过去你需要我，我也都是乐意来的，根本就没什么功劳可言；现在你的病渐渐好起来了，我想你一定是担心我也许会给你找麻烦；唉，过去我原不该那样惹你厌烦的，真不该哟！既然看见你已经强健起来，已经能够起床活动活动，我是不该再来的。你一点也不欠我的情；只是你应当把我当作妇女看待——甚至当作你所爱的妇女看待；事实上我只不过做了使你的病房舒适些的琐碎小事，如果你怀疑我卑鄙地借此大事夸张、自居什么功劳，那么你对不起的不是我，而是你自己，我难过的就是这个，这才是我非常难过的原因。″

如果她这时候的态度不是那么温和而是愠怒，急躁，不是心平气和而是怒气冲冲，她的面容不是那么温柔而是气呼呼的，如果她说这番话时，不是既细声细气，又清晰明了，而是大喊大叫，那么她离去之后就不会给学生留下什么感觉了。可是正因为她并没有勃然大怒、嘶声斥责，待她一走出房门，那个孤单寂寞的学生便立刻感到格外凄恻冷清。

他正在惨淡地呆望着她刚才站立的地方，雷德劳却从他适才藏身其中的小室里走出去，来到了门旁。

"下次病魔再袭击你的时候，"他恶狠狠地转过头来冲着学生说，"——但愿它快快来！——你就死在这儿，烂在这儿！"

"你干了什么好事啦？"学生一把抓住他的斗篷说，"你在我心里撺掇起了什么变化？你给我身上带来了什么灾祸？把我的原状还给我！"

"把我的原状还给我！"雷德劳像个疯子似的狂叫起来，"我已经染上了病！我这病要传染的！我身负把自己的脑子装满毒素，也给所有人类的脑子装满毒素的责任哪！凡是从前能使我感到关切、怜悯和同情的事物，如今我却变成石头，对之丝毫无动于衷，凡是我的摧残一切的脚步落下之处，自私自利和忘恩负义便立时发生。我把人们变成比我更卑鄙无耻的坏蛋，这样，一见他们开始蜕变，我就可以憎恨他们了。"

他说话时，那个青年仍然抓住他的斗篷不放，他使劲甩开他，打了他一拳，随即像个疯子似的飞奔到外面的黑暗中去；外面正刮着风，下着雪，浮云正一又一片地掠过天空,月亮正朦朦胧胧地洒下微光;在那儿,夹在风声里响着的、和雪片一块儿飘下来的、和云朵一起游移的、在月光中闪着的、在黑暗中幽然浮现的,无不是那个幽灵的那句话:"今后无论你到哪儿去,都得把我给你的这种礼物送给别人!"

往哪儿去呢?他不知道,也不在乎,只要能避开人们就行。他所感觉到的自己内心的变化,已经把热闹的街道,也把他自己变成了凄凉的荒野,把他周围的忍受着种种遭遇、过着各种生活的芸芸众生,变成了一大片茫茫沙漠,风又把它刮成一堆堆令人费解的、乱糟糟的废墟。当初幽灵告诉他"过不了多久就会消失殆尽"的那些往事的痕迹,至今还在他的心中,还没有完全消失,他不能知道自己过去是怎么样的一个人,但知道自己把别人变成了怎么样的人,因而也还知道自己应该独个儿待着,别接近人。

这使他想起了一件事——他正走啊走着的时候,突然想起昨天晚上冲进他屋里的那个男孩子。接着他又想起了:自己从幽灵消失以来,在他所接触过的人当中,唯独那个男孩子不曾现出一点儿被改变了的迹象。

尽管他觉得那个小野东西丑恶可惜,他仍然决心去寻找他,看看究竟他是不是没有起变化;同时为了他刚想起的另一目的,也一定要找到他。

因此,他在好不容易才弄明白这会儿自己是在哪儿之后,就转身向古老学院走去,来到了学院大门口那儿,唯有那儿的铺道给学生们的脚步磨损得最厉害。

一跨进学院的铁门就是门房,这个门房榴成了学院的主要四方庭院的一部分。门房外面是一个小走廊,他知道在这个隐蔽处,从他们那间普普通通的屋子的窗子往里望去,是可以看见屋子里有什么人的。铁门关着,但是他已摸熟那个门闩,所以他把手腕伸进铁栏杆使劲往回拉一下,铁门便开了,于是他轻轻溜了进去,随后关上了门,蹑手蹑脚走到窗跟前,一路上把地上已结成一层薄冰的雪踩得粉碎。

昨天晚上他给那小孩指点的那个火光,明亮地从窗玻璃照射出来,把窗下的地面照亮了一大片。他本能地避开这块地,绕着弯儿走过去,向窗里望。开头,他以为屋子里没有人,以为火焰只不过把天花板上的旧梁木和四面黑压压的墙壁照红;但是再仔细一看,这才瞅见他所寻找的人物正在炉前地板上蜷曲着身子酣睡着。他一下子就溜到房门前,打开门,走了进去。

那个孩子躺在那儿烤得非常之热,化学家弯下腰去弄醒他的时候,只觉得自己的脑袋也给烤得灼热难熬。化学家一碰那孩子,他便凭他那随时准备逃跑的本能,迷迷糊糊地一把抓起那一身破烂衣服,连滚带爬地跑到屋子最远的一个角落里,缩成一团,伸出一只脚,又蹬又踢地护卫着自己。

"起来!"化学家说,"你还记得我吧?"

"不要管我!"小孩还嘴说,"这儿是那个女人的家,不是你的!"

可是化学家的瞠目相对,对他多少产生了些支配力量,要不就是使他有所感悟,愿意顺从了,不管怎样,他就那么站起身来,听任化学家把他的脸细细端详了一番。

"谁给你洗过了?谁给这些擦伤和皲裂的地方绑上纱布了?"化学家指着孩子身上状态起了变化的各个部位问道。

"那个女人干的。"

"也是她把你的脏脸洗干净了吗?"

"是的,是那个女人。"

雷德劳问这些话,为的是要引小孩的眼睛朝他望着,现在也为了这同一目的,用手抬起小孩的下巴,把他披散在脸上的乱发往后一撩,虽然他极端厌恶去接触他。小孩用锐利的目光死盯着他,似乎认为既然自己摸不准对方下一步会有怎么样的行动,那么为了自卫,就有必要死盯着他;雷德劳看得清清楚楚,变化丝毫也没临到小孩的身上。

"他们哪儿去了?"雷德劳问。

"那个女人出去了。"

"我知道她出去了。那个白头发的老头儿和他的儿子哪儿去了?"

"你是指那个女人的丈夫吗?"小孩问。

"是啊!他们俩哪儿去啦?"

"都走了,不知道哪儿出了点什么事。他们是给人匆匆忙忙叫走的。临走时，叫我待在这儿。"

"跟我来，"化学家说，"我给你钱。"

"跟你上哪儿去？给多少钱？"

"我要给你从来没见过的那么多的先令，还会很快就带你回来。你从哪儿来的？认得那条路吗？"

"放开我！"小孩突然一扭身，从他的掌握中挣脱出来，"我不愿领你到那儿去，别碰我，要不，我就扔火烧你！"

小孩说着一下子已经蹲到火炉前边，野蛮人似的小手也已经伸出来，眼看就要去抓熊熊燃烧着的红炭了。

凡经化学家接触的人，无一不受他的魔力影响，对此他原已感到十分恐怖；如今见这个野兽一般的小孩竟然蔑视他的魔力至此地步，使他更感到一种阴森森的、莫可名状的恐怖。他目睹这个冥顽不化、神秘莫测、貌似小孩的怪物，那张狡黠恶毒的小脸向他仰着，一只小得几乎像是婴儿的手，这时候已经伸到炉栅前准备抓火了，不由得不寒而栗了。

"听着，孩子！"他说，"随你高兴把我带到哪儿去，只要那儿有非常悲惨地生活着的人或者有非常邪恶的人。我要去给他们行好事，并不是去伤害他们。刚才我已告诉你，我会给你钱，也会把你再带回到这儿来。起来！快跟我走！"

他迈着急速的步子朝房门走去，生怕碰上米莉回家来。

"那么你答应让我自个儿走，你绝不拉我，甚至于也不碰我吗？"小孩说着慢慢地缩回他那原先威胁要抓红炭的手,一边站了起来。

"我答应!"

"不管我走在前头、走在后头,我要怎么走就怎么走,都随我高兴?"

"我答应!"

"那么先给我些钱,给了我就走!"

化学家把一些先令一个一个地放进他伸出来的手里。小孩还不会数数儿,因此根本就不知道有多少,但是化学家每给他一个,他就说一声"一";每给他一个,他就贪婪地先瞅一下钱,再瞅一眼他的施主。他接过钱以后没处放,只有嘴巴可以盛它们,于是他就往嘴巴里塞了。

雷德劳从笔记本上撕下一张纸,用铅笔写了几个字,说明小孩是他带走了;他把便条放在桌子上以后,便打手势叫小孩跟他走。小孩又像往常那样,一把抓起他的破衣服,听从了他,光着头,赤着脚,跟他走出屋子,进入冰冷的黑暗中。

化学家不愿意从刚才进来的那扇铁门走出去,因为在那儿有碰上米莉的危险,而他极力要避开她。于是他便领头穿过那几条昨晚小孩迷失方向的走廊,沿着这幢大楼中他的住房所在的附近走去,直到他有钥匙可以打开的小门前。他们来到了大街上,雷德劳便问他的小向导知不知道他们现在是在什么街道上。小孩忽然朝后一退,躲开了他。

小野人东张西望了好一阵子,最后总算点头了,指出他所要走的方向。雷德劳马上朝那个方向走去，小孩跟在后边，不像方才那么疑虑重重了。小孩一边走着，一边把嘴里的先令吐到手里，又从手里塞进嘴里，这样塞进又吐出，吐出又塞进，忙个不停，又偷偷地用破衣服上的碎片把一个个先令擦得锃亮。

他们在行进中有过三次走得肩并了肩，也有三次肩并肩地停下步子来。化学家三次低下头来看一看小孩的脸，不禁顿时毛骨悚然，因为小孩也以与他自己一模一样的神态，咄咄逼人地反瞪他。

第一次是发生在他们穿过一个老教堂墓地的时候，当时雷德劳在一片坟墓中站住，对于如何把这些坟墓和任何仁慈温柔或亲切慰人的思想联系起来，他深深感到困惑不解。

第二次是发生在明月涌现、诱得他禁不住抬头向天空望去的时候，只见一轮皓月，光辉四射，群星环拱。人类科学所给予这些星辰的名称、所发现的这些星辰的历史，他仍旧都知道，但是在这银光闪耀的月夜，他抬头仰望的时候，除了那轮皓月，他看不见从前所熟悉的其他景象，也感觉不到从前所常有的情调了。

第三次是发生在他停下来倾听一曲如泣如诉的哀乐的时候，可是他听到的只是单调、只是那些干巴巴的乐器和他自己的耳朵的机械结构使他领会的音调，根本唤不起他内心半点儿神秘感，从音调中也没能听到勾起往昔或未来信息的窃窃私语声。这曲枯燥乏味的乐声，正如去年的水流潺潺声和阵风瑟瑟声一样，对他没有丝毫力量，他压根儿就无动于衷。

在这三次之中，他每次都吓得直发抖，因为尽管他和小孩在知识方面有着天渊之别，在身体的各方面彼此也无半点相同之处，可是他看见小孩脸上的表情却跟他自己脸上的表情一模一样。

他们往前走了一阵——有时是穿过挤满了人的地方，他不得不老是回头看看，以为已经丢失他的向导了，可是总看见小孩在旁边他的身影里走着；有时又走上了非常僻静的小路，以致他都能数起跟在他身后的、又短促又敏捷的光脚板声。当他们最后来到一个满是破烂屋子的地区时，小孩伸手触了他一下，便停住了。

"在那所房子里！"小孩指点着说。只见那房子的几个窗子里灯光疏疏落落，门廊里有一盏半明不暗的灯笼。门口漆着"旅客公寓"四个字。

雷德劳环视了一周，从一所所的房子望到那片荒地，与其说那些房子是建在那块荒地上，不如说是给歪歪斜斜地安在上面，眼看就要倒下来了，什么篱笆、土墙和木栅一概没有，也没有排水设施，更没有路灯，还有一道水流缓慢的沟渠为荒地的界线；从那儿再望到从高处向下延伸的一排半圆形的桥洞，它们是附近环绕着这片荒地的哪个旱桥或其他什么桥的一部分，那些桥洞朝他们这方向延伸过来，一个小过一个，倒数第二个桥洞已经小到像个狗窝，最后那个里面堆着一小堆偷来的砖头；再从那儿望到自己身边的小孩，尽管他已冻得拱肩缩背直打哆嗦，用一只小脚一瘸一拐地走着，把另一只小脚盘到腿上取暖，可却依然大张着眼呆望着周围这一切；雷德劳见那张小脸上的表情和他自己的表情相像到了极点，不由得吓了一跳，离开了小孩的身旁。

"就在那里面！"小孩又指着那所房子说，"我会等你的。"

"他们会让我进去吗？"雷德劳问。

"就说你是医生好了，"小孩点了点头说，"这儿病人可多呢！"

雷德劳朝那个门口走去时回头一望，看见小孩趴在满是灰尘的地上拖着自己的身子，活像一只耗子似的爬进了那个最小的桥洞，躲在里面，他并不可怜这个小东西，而是很怕他。小孩从洞里向外望着他时，他急忙朝那所房子走去，简直把那房子当作避难的场所了。

"悲痛、委屈、烦恼，"化学家拼命在自己的记忆中搜寻一件记得比较清楚的事，"它们至少是暗中纠缠着这个地方的。因此，一个把忘掉这些东西的本领带到这儿来的人，总不会危害他们的！"

他嘟嘟哝哝着这些话，一边伸手推门，那扇门一推即开，于是他便走了进去。

有一个女人坐在楼梯上，她的脑袋耷拉到手和膝盖上，

86

看样子像是在打瞌睡，不然就是被人孤零零地遗弃在这儿。要不踩她的身子走过去是很困难的，而她又完全不理会他已经走近了，雷德劳只好停下脚步，碰了一下她的肩膀。她抬起头来了，面庞虽是年轻的，可是青春的娇嫩艳丽已消失殆尽，消沉绝望，仿佛蛮横凶悍的严冬有违天理地把春天给摧残了。

她不很理睬或者根本就不理睬雷德劳，只是把身子向墙边移过一些，让出一条宽些的通路。

"你是什么人？"雷德劳一手按在破旧的楼梯扶手上，停住脚步问道。

"你想我是什么人？"女人又一次仰起脸来说。

雷德劳望着这座毁坏了的上帝的圣殿①才盖起不久，竟然这么快便破烂不堪，顿时有一种并非怜悯，然又近似怜悯的莫可名状的情感涌上心头，略微软化了他的心，使他再开口说话的时候，语调也温柔了一些。尽管这样的苦难所能引起的真诚的怜悯的恻隐源泉，在他的胸中已经干涸，可是这会儿他的这份情感，较之近来拼命挤进他那日渐昏暗，但尚未全然昏暗的心中的那些情感，还是最接近怜悯的。

"我到这儿来是要救济人，如果我做得到的话。你是在想什么受委屈的事？"

她皱起眉头

---

① 《圣经》上说，上帝把他的圣灵存在基督教徒的身中，因此他们的身体就好比是上帝的圣殿。此处指那个女人的身体。

87

望了望他,笑了起来;接着她的笑声拖长了,变成颤抖的叹息;她又垂下头去,把手指插进满头的乱发中。

"你是不是在回忆被人亏待了的事?"他又问。

"我在想我的一生。"她瞥了他一眼说。

对这件事他有这样的看法:他看出她是许多受苦受难的人当中的一个;又认为当他看见她意气消沉地缩在他的脚旁时,他看见了千百人的一个典型。

"你的父母是干什么的?"他追问道。

"我曾有过一个很好的家,我的父亲曾经当过园丁,在很远的乡下。"

"他已经去世了吗?"

"对我来说,他已经死了,所有这样的东西,对我来说,都已经死了。难道像你这样一位先生,对这个都不知道!"她又抬眼看他,嘲笑他。

"女孩子!"雷德劳厉声喝道,"在你的父亲对你来说已经死去之前,在所有这样的东西对你来说全都已死去之前,你没有受到过什么冤屈吗?是不是不管你怎么挣扎,你对那个冤屈的记忆却依旧老是缠着你不放?那个记忆是不是没完没了地折磨得你好苦?"

她突然哇的一声哭了起来。从她的外貌看,几乎一点儿女人的性情都已经没有了,因此她这一哭可使雷德劳诧异得呆瞪瞪地站在那儿。但是使他在更其惊讶之余还大感惶恐不安的是,他看到了她对冤屈的记忆被唤醒之后,她过去的性情和她那封冻了的温柔全部初步现出了痕迹。

他稍稍倒退了一下，这才看见她的胳臂青肿，面庞上有被砍的伤痕，胸膛上也有瘀伤。

"是哪个恶棍把你打成这个样儿的？"他问。

"是我自己的手打的，我自己打的！"她很快地答道。

"不可能！"

"是我自己打的，我可以发誓！他没有碰我。我是在大发脾气的当儿把自己打了，还把自己扑倒在这儿的。他并不是在我近旁。他从来没有碰过我一下！"

女人对他说这句谎话时，她的脸色苍白，神态坚决。他很清楚她这样做是最后一次滥用和曲解了还残存在她那悲伤的心灵中的"善"，因此他非常难过，深深懊悔自己刚才走近她的身边。

"悲痛、委屈、烦恼！"他急忙把恐惧地凝视着她的目光移开，嘟哝着说，"她所以会从过去的状态堕落，究其祸根，还不就是这些东西吗？唉，凭上帝的名，让我快快离开她吧！"

他不敢再看她一眼，不敢去碰她，也不敢去想自己已经把她紧抓住上帝慈悲的最后一根线给割断了。他把斗篷往身上一裹，飞步上了楼梯。

在楼梯平台上，迎面是一扇半开着的房门。当他往上走的时候，有一个人手擎蜡烛，正从房里向房门走来，打算把门关上，可是一看见他，就非常激动地缩回手朝后退，而且好像是出于一时的冲动,大声喊出了他的名字。

怎么在这儿居然有人认得他?他大为惊愕,站住了,一边拼命要想出这个神情惊慌、面色苍白的人究竟是谁;可是他还没来得及搜索枯肠,老菲力普已经走出房门,一把握住了他的手,更把他惊吓得非同小可。

"雷德劳先生!"菲力普说,"这就是你的本色,你就是这样的人哪!先生!你听说了这回事之后就找我们来了,你就是要尽力帮助我们。唉,可是太晚了,太晚了!"

惊慌失措的雷德劳只好听任他把自己领进屋去。屋里有一个人躺在一张带脚轮的卧床上,威廉·斯威杰站在床边。

"太晚了!"老人嘟哝着,他那渴望的目光紧盯着化学家的脸,不觉两行老泪流下了双颊。

"我就是这么说的呢,爸爸,"儿子轻声插嘴道,"问题就在这儿,在他打盹儿的时候,我们要越安静越好,别的没有什么办法。你是对的,爸爸。"

雷德劳在床前站住,低下头来看那个直挺挺地躺在床垫上的人。看样子,那个人应当还是精力旺盛的壮年汉子,可是恐怕太阳再也不会照着他了。四五十年的邪习恶行,已经在他的脸上打下了重重的烙印。诚然,岁月的严厉的手也在望着他的那老人的脸上留下了痕迹,可是两相比较,岁月的手却是仁慈的,却是美化了老人。

"他是谁呀?"化学家茫然四顾,问道。

"是我的儿子乔治，雷德劳先生。"老人悲伤得使劲扭着双手说，"就是我的长子乔治呀！也就是他妈妈当年最得意的孩子！"

正在老人把头伏到床沿上的时候，雷德劳的眼睛从老人的白发苍苍的头转向刚才认出他的那个人的身上。那人有意避开他，已经站在最远的屋角里了。那人的年龄看上去和他自己差不多。虽然雷德劳并没见过像这样潦倒败落的人，可是看到他刚才把背向着他站着和这会儿走出房门那种转过身子的姿势，似乎又有点眼熟，他不由得不安地举起手横抹了一下额头。

"威廉，"雷德劳心境阴郁，低声问道，"那个人是谁？"

"唉，你瞧，先生，"威廉答道，"我就是那么说的呢。一个人为什么要成天赌博，或者干那一类劳什子，弄得自己一寸一寸地往下沉，而且非沉到底不可！"

"他是这个样的吗？"雷德劳目送着那个人走出房门，又不安地横抹一下额头问道。

"就是，先生，"威廉·斯威杰答道，"人家就这么告诉我的。他好像还懂一点医道呢，先生。他本来是和我的哥哥一同徒步去伦敦的，就是你看见在这儿的我的这个可怜的哥哥，"说到这儿，威廉用袖子揩了揩眼睛，"他们在这儿楼上投宿过夜——我说呀，先生，你瞧，稀奇古怪的伙伴儿们有时候就是一块儿来到这儿的——他进了屋，于是就照料了我的哥哥，我的哥哥便打发他把我们叫了来。

这景况多惨呀,先生!问题就在这儿!可真够我的老爸爸受的了!"

雷德劳听到这儿,抬起眼睛来,这才想起自己这会儿是在什么地方,是和什么人在一起,也想起了他随身带着的那蛊惑人的魔力。那魔力方才受到他吃惊的影响,暂时黯淡了些。他想到这些,不由得急忙倒退了一步,心里盘算着:要马上避开这所房子呢,还是继续留在这儿?

他终于屈从于一种愠怒的执拗,而继续逗留下来了。服从这种执拗似乎也是幽灵向他提出的必须进行斗争的条件之一。

"我认为留在这个老头儿的记忆中的,是一连串悲痛和烦恼,这岂非仅仅是昨天的事吗?"他自言自语道,"那么难道今天晚上我对动摇这种记忆就害怕起来了?难道我所能驱除的那些记忆中的事,对于这个垂死的人是那么宝贵,使我有必要为他担心吗?不!我一定要留在这儿!"

尽管他拿这一席话来为自己辩解、开脱罪责,可是勉强留下来的时候,还是胆战心惊,浑身上下颤抖着;他畏缩在黑斗篷里,转脸不看他们,站在离开床铺稍远的地方,留心听着他们之间的谈话,好像觉得自己在这儿是个恶魔。

"爸爸!"病人从昏迷中略微醒过来的时候喃喃叫道。

"我的孩子!我儿乔治!"老菲力普应声道。

"你刚才说很久以前妈妈最疼我。唉,现在回想很久以前的事,真可怕啊!"

"不，不，不！"老人说，"你尽管想吧，不要说过去的事是可怕的。我一点儿也不觉得可怕，我的孩子！"

"这种回忆伤透了你的心了，爸爸！"他说，因为老人的泪水此刻正滴到他的身上。

"是啊，是啊！"菲力普说，"是伤透了我的心了，不过这样对我是有好处的。回想那时候的一些事，确实叫人非常难过，可是对我很有好处，乔治！你也回想吧，也回想一下吧，那样你的心就会越来越软了！我的儿子威廉在哪儿呀？威廉，我的儿子！你妈妈爱他爱到自己临终的最后时刻，快咽气的时候还对我说：'告诉他吧！说我原谅他，我祝福他，我也为他祈祷。'这是她对我说的话。我从来没有忘记这些话，而我今年已经八十七岁啦！"

"爸爸！"床上的病人说，"我就要咽气了，我知道。我一点儿力气也没有了，说话也困难了，就连心里最常想的事情也说不成了。我死后还有什么希望吗？"

"凡是心变得温柔而又忏悔了的人都有希望的！所有这样的人都有希望的！啊！"他交叉起十个指头、两眼朝上仰望着大声嚷道，"那只是昨天的事情呀，我为自己还能记起我这个不幸的儿子年幼时天真烂漫的模样儿而感谢上帝！现在我想到连上帝都还记得他，这可真是对我的一个莫大的安慰啊！"

雷德劳举起双手把自己的脸掩住，往后退缩着，仿佛是个杀人的凶手。

93

"啊！"床上的病人发出微弱的悲叹，"从那以后我对自己那般糟蹋，从那以后我对自己的生命那般糟蹋啊！"

"但是他曾经是个孩子，"老人说，"那时他和别的孩子一块儿玩耍。到了晚上，在上床之前，在天真无邪地熟睡之前，他总是在他的可怜的妈妈的膝前做晚祷。我亲眼看见过他这样晚祷不知多少次，也亲眼看见过不知多少次妈妈把他的小脑袋按在自己胸脯上吻他的小脸蛋。后来他走错了路子，我们对他所抱的希望和为他所安排的计划都落了空，尽管妈妈很伤心，我也很伤心，可是想到他童年时的这些情景，我们的心却仍旧让他给抓住，别的不论什么都不能像这样抓住我们的心。啊！天父啊！您比人间所有的父亲都好得无可估量！啊！天父啊！您为您的儿女的过失和罪过，比人间所有的父亲都忧伤得无可比拟！请您把这个浪子领回去吧！不是看在他现在所处的状态的分上，请看在他过去的状态的分上，把他领回去吧！让他向您痛哭流涕吧！正如他常常好像向我们痛哭一样！"

当老人举着颤抖的双手，为儿子祈求神的恩典的时候，那儿子把下垂的脑袋靠到父亲的身上，让父亲的身子支住他，寻求父亲的安慰，好像自己真是父亲所说的那个孩童似的。

随即屋子里一片寂静，只见雷德劳简直颤抖得不成个样儿了。什么时候有人像他这样颤抖过呢！他晓得自己的魔力一定会传到他们的身上，而且晓得马上就要传到了。

94

"我不能活多久了，我的呼吸更短促了，"病人一只手臂支着身子，另一只手臂在空中乱摸索着说，"可是我记得我的心里有件事，是和刚才在这儿的那个人有关系的什么事。爸爸！威廉！——等一等——在那外边真有一个穿着黑衣服的什么东西吗？"

"是的，是的，真的有。"他的老父亲说。

"是个人吗？"

"我呀是这么说的，乔治！"威廉插嘴道，他体贴地向乔治弯下腰去，"那是雷德劳先生。"

"我以为我梦见过他。请他到我这儿来。"

化学家走到他跟前了，他的脸色比这个奄奄一息的病人还要苍白。病人挥手向他示意，他便顺从地在床沿上坐了下来。

"先生，今天晚上看到我的可怜的老父亲，想到由我引起的一切烦恼，再想到应归咎于我的一切过错和悲痛，我的心哪，像撕裂了一样！"病人一只手按在胸口，眼睛里凝聚着对于自己的景况的一种默默地哀求着的苦痛，"因此……"

是苦痛达到了顶点，使他说不下去呢，还是由于另一种变化的肇端，使他顿住了？

"……因此尽管我的脑子想得那么多，转得那么快，只要我能做的好事，我一定去做。刚才这里还有一个人，你看见了没有？"

雷德劳任何话也答不出来。因为他看见病人把手举到前额上恍恍惚惚的样子，他如今已熟悉这是那不祥的征象，因此他的声音还没有溜出口便消失了。但是他点了点头，表示他看见了那个人。

"他一文不名，挨着饿，困顿潦倒。他已经完全绝望，山穷水尽了。请你照料照料他！越快越好！我知道他已经有自杀的念头了！"

魔力开始发作了。在他的脸上显出来了。他的脸在起变化，变冷酷了，变阴沉了，悲痛的神情已经无影无踪。

"难道你不记得了？难道你不认得他了？"他紧接着问道。

他又举起手茫茫然在前额摸摸，然后把脸蒙住一会儿，接着鲁莽地、恶狠狠地颦眉蹙额对着雷德劳，显出毫不留情的一副凶相。

"怎么了，你该死的——"他怒目环视一周，说道，"你刚才在这儿对我捣了什么鬼了？我莽撞地活了一辈子，我也要莽撞地结束我的一生！你快给我滚！"

于是他在床上躺下，伸出两个手臂，蒙住脑袋和耳朵，表示决定从此不再接触外界，要冷漠无情地离开人世。

如果雷德劳让雷给劈了，也不会比这会儿更猛地让它震离了床边。刚才乔治和他谈话时，老父亲离开了病榻，这会儿走回来了，可是他也同样急忙避开病榻，带着厌恶透顶的神情。

"我的儿子威廉在哪儿呀?"老人匆忙地说,"威廉,咱们走吧,回家去吧!"

"回家?爸爸!"威廉说,"你要丢下自己的亲儿子不管了?"

"我的亲儿子?在哪儿?"老人问。

"怎么?不就在这儿吗?"

"那不是我的儿子!"菲力普又气又恨,激动得直发抖,说着,"像这样的坏蛋,根本就不配做我的儿子!我的孩子个个叫人看了顺眼,个个服侍我,个个给我预备肉呀酒呀的,个个对我有用。我有权利要求这些!我已经八十七岁啦!"

"你已经老得到了头了,"威廉两手插在口袋里,满腔怨气地望着他咕哝着,"我呀就不知道你有什么好处。要是没有你,我们可以过得快活得多呢!"

"你瞧,雷德劳先生,这是我的儿子呀!"老人说,"这个也是我的儿子!他还向我提到我的儿子!呸,他给过我什么快乐,我倒要问问看?"

"我也不知道你做过什么使我快活!"威廉绷着脸说。

"让我想想看,"老人说,"一连有多少次圣诞节日,我是坐在我那个暖烘烘的位子上,而完全没有必要在冰冷的黑夜里还要走出门来的?也没有像那边那个叫人看了浑身不舒服的、邋遢得要命的人来打搅我,而我是快快活活地过了这个佳节的?到底有多少次呀?有二十次吗,威廉?"

"好像有四十次左右吧！"威廉嘟哝着说，"唉，当我看着我的爸爸，再仔细地想一想的时候，先生呀，"他冲着雷德劳说，态度从来没有这么暴躁和激怒，"我觉得他简直就是一本许多许多年不断地吃呀喝的，只图自己享乐的老日历，除此之外，我什么也想不出来，无论如何想不出来！"

"我——我八十七了！"老人像个孩子似的愚钝地胡乱扯开了，"我从来不曾让什么惹得发过脾气，我现在也不会因为他自称是我的儿子而发脾气。他根本不是我的儿子！我自己呀可着实过好多快活的日子哪！我记得有一次——不，我记不得了——不，打断了。那是关于一局板球游戏和我的一个朋友，可是怎么搞的，再也想不起旁的什么了。不知道那个朋友是谁——我想我总很喜欢他的吧？我不知道他后来怎么样了？——我想是死了吧？我可不知道。我也不在乎他后来怎么样了，我才一点儿也不在乎呢！"

他困倦地咯咯笑着，摇晃着脑袋，一边把两手伸进背心的口袋，在其中的一个口袋里摸到一小枝冬青，大概是昨晚留下在口袋里的，他取了出来，朝它瞅着。

"浆果，呢？"老人说，"唉！多可惜它们是吃不得的。我记得我还是个约莫这么高的小家伙的时候，有一次出去溜达，是和——让我想想，是和谁一同出去溜达的？——不，记不清是怎么回事了。我记不起具体和什么人一同溜达过,也记不起我关心过什么人,或者什么人关心过我。浆果,呢?有浆果的时候,就必有乐事。是啊,我应该有享乐的份儿的,应该有人服侍我,应该把我伺候得暖暖和和、舒舒服服的,因为我已经八十七,而且是个可怜的老头儿,我今年八十七了哇,八——十——七!"

他重复这句话的时候,那副淌着唾沫咬了一口冬青叶子又吐了出来的可怜巴巴的模样儿;他那也起了变化的最小的儿子威廉漠不关心地冷眼看着他;他那最大的儿子乔治躺在床上心如铁石,罪恶已使他冷酷得无可救药——这一切都不再引起雷德劳任何感应了,因为他已经从刚才呆若木鸡站立着的地方蹦开,猛冲出去,离开了那所房子。

他还没到达那些桥洞前面,他的向导已经从他藏身之处爬出来等候他。

"回到女人的家去吗?"孩子问。

"是的,快走!"雷德劳答道,"路上哪儿也别停!"

小孩领头走了一小段路。可是在这回头走的一路上,他们不像是走路,简直像是在飞;小孩的一双赤脚拼命追赶,才勉强跟得上雷德劳的又快又大的步子。雷德劳一路上躲闪着所有在他身旁走过的行人,畏缩在裹得紧紧的斗篷里,仿佛只要他的衣服飘拂到别人身上,便会产生性命攸关的传染力似的。他们只顾往前走,一停也不停,一直来到了他们刚才走出去的那个小门。他掏出钥匙打开了门,和小孩一同走了进去,匆匆穿过昏暗的走廊,直奔自己的住房。

他把门牢牢关上的时候,小孩目不转睛地注视着,他一转过身张望,小孩就连忙退到桌子后边去。

"喂,别碰我!"小孩说,"你领我到这儿来是要夺走我的钱吗?"

雷德劳又掏出几个先令扔到地上。小孩倏地全身扑倒在上面,仿佛要把它们藏起来,免得让化学家看见了反悔要收回去;直到看见他坐到灯旁,双手掩住脸,小孩才抬起身子,贼头贼脑地把那些先令挨个儿拾起来。然后他爬到炉火跟前,坐到一张大椅子上,从怀里掏出一些剩菜冷饭,开始大声咀嚼起来,两眼盯住熊熊的炉火,不时向在一只手中紧抓成一堆的先令瞟上一眼。

"而这个呀,"雷德劳越来越憎恶、越来越害怕地望着小孩说,"这个就是我在人间剩下的唯一的伴侣了!"

化学家呆呆地望着小孩,沉入了深深的冥想,这个小孩简直把他给吓坏了。他这样出神了多久才惊醒过来——半个钟头,还是直到半夜?这连他自己也不知道。可是屋里的沉寂一下子给小孩打破了,他刚才就瞧见小孩竖着耳朵在听什么,这会儿只见他一下子惊跳起来,直向房门奔去。

"那个女人来啦!"小孩子叫道。

化学家半路截住了他,米莉在外面敲门了。

"让我到她那儿去,好不好?"小孩说。

"现在不行。"化学家回答,"待在这儿!现在谁也不许进屋来,谁也不许出屋去!——喂,外边是谁呀?"

"是我呀,先生!"米莉嚷道,"求求你,先生,让我进来吧!"

"不,绝对不行!"他说。

"雷德劳先生,雷德劳先生,求求你让我进来吧!"

"有什么事?"他仍然紧紧抓着小孩,问道。

"你看见的那个可怜的人现在更糟了。我说什么也不能把他从可怕的昏迷中唤醒过来。威廉的爸爸忽然变得像个孩子。威廉也变了。这个震惊对他太突然了。我简直弄不懂他,他一点儿也不像他原来的样子了。啊,雷德劳先生呀,求你告诉我该怎么办,求你帮助我!"

"不行,不行,不行!"他答道。

"雷德劳先生,亲爱的先生呀!乔治在昏睡中一直嘟哝着你在那儿看见的那个人,乔治担心那个人会自杀!"

"他自杀好啦,那样也比走近我强!"

"乔治在昏迷中说你认识那个人,说很久很久以前,他曾经是你的朋友;还说他是这里一个学生的潦倒的父亲——我怀疑他说的那个学生,恐怕就是生病的那个青年。你看怎么办呢?我们该怎么看住他不让他自杀呢?雷德劳先生呀,求求你,啊,求求你告诉我!帮助我!"

这样说着的时候,雷德劳始终抓住小孩不放,小孩则疯也似的要打他身旁硬挤过去开门让米莉进屋来。

"幽灵们哟！邪恶思想的惩罚者哟！"雷德劳痛苦地四下里环顾着，搜寻着，大声呼喊道，"求你们看看我吧！让那一线悔悟的微光透过我昏黑的脑子照出来，照见我的苦痛吧！我知道我的脑子里有着那一线微光的。正如我多少年来给学生们讲授的，在物质世界中没一样省略得了，在天地的奇妙的结构中，如果缺一个步骤，或者少一个原子，在这个巨大的宇宙中势必出现一个空白。我现在也明白了：在人们的记忆中，善和恶、快乐和悲痛同样也是一个都不可丢掉。幽灵们哟，可怜可怜我吧！快快搭救我吧！"

对他的苦苦哀求毫无反响，只听得米莉的"帮帮我，帮帮我哟，让我进来哟！"的喊叫声，一方面小孩拼命挣扎着要冲出门去找她。

"我本人的影子哪！我邪恶时刻的鬼魂呀！"雷德劳已经心烦得发狂，嘶声喊道，"回来吧！再回来日日夜夜缠住我好了，但是快把这个魔法拿走！如果这个魔法非得留给我，那么就请你们剥夺掉我能把它送给别人的权力吧！挽回我的所作所为，使一切恢复原状。让我继续陷在黑夜里好了，可是请把白昼归还给我所糟蹋的那些可怜的人！既然我打一开头就饶了我这个女人，既然我从此不再出去，决心死在这儿，那么除了这个小孩的沾染不上我的魔力的那双手以外，我也不要其他人来照顾我——求求你们答应我的要求吧！"

对此依然得不到反响。仍然只听得小孩拼命要冲出门去找米莉的挣扎声，而他也仍然紧抓住小孩不松手，门外米莉的喊叫声越来越声嘶力竭："帮帮我呀！让我进来呀！他有一阵子曾经是你的朋友哟！我们该怎样看住他不让他自杀，怎样搭救他呀？他们全都变了，还有谁能帮我的忙呢？求求你，求求你呀！让我进来吧！"

## 第三章

## 收回魔法

    天空里依然是阴沉沉的夜色。在一片片开阔的原野上，从一个个山顶上，从海面一艘艘孤舟的甲板上，一道在远处低悬着的线条，已经在朦胧的地平线上出现，它带来了不一会儿就会转变为亮光的希望；但是这个希望是渺茫的，是令人发生疑问的，月亮正忙于和夜空的云朵竞争呢。

    笼罩着雷德劳脑子的那些黑影，急如雨下地接二连三浮现出来，遮蔽了他脑中的那线微光，恰如夜空的云朵也正在月亮和大地之间徘徊，把整片的土地给掩藏在昏暗之中。云朵投到大地上的影子飘忽不停，雷德劳脑中的影子也同样一会儿隐匿起来，一会儿又迷迷糊糊地向他显露；也正和那些云朵一样，即使亮光能够豁然闪现那么一会儿，可是也只是为了好让夜晚的云朵横扫过来，使得那片昏暗益发浓厚。

    在屋外，有一种深沉的、严肃的静寂，笼罩着这一大堆古老的建筑。它们的扶壁和墙角在地上投下了许多神秘的、奇形怪状的黑影。随着月亮的时隐时现，这些黑影似乎一会儿退隐到平滑的白雪下面去，一会儿又从雪地里钻了出来。在屋里，化学家的灯火快要熄灭了，到处朦朦胧胧，一片黑乎乎的。外边的敲门声和喊叫声停止以后，接下来就是阴森可怕的静寂；什么都听不到了，只有炭火的白烬仿佛在咽最后一口气似的，不时啪嗒啪嗒作响。那个小孩正躺在炉前的地上呼呼酣睡。化学家自从敲门声停止以后就一直一动也不动地坐在椅子上，活像一个已经变成一尊石像的人。

正在这时候，他以前听到过的圣诞音乐奏起来了。起初，他倾耳听着，正如他以前在教堂墓地上那样倾听着一样；但是过了不一会儿工夫，他站起身来，伸出两只手，看那样子好像一个朋友已经走到他的跟前，他那双孤寂凄凉的手可以安放到他的身上而不会伤害他似的。音乐还在奏着。夜风送来了一个低沉的、甜蜜而又悲哀的曲调。他这样伸着手的时候，他的脸变得不那么僵硬呆板，也不那么茫然了。一股微弱的颤动震撼着他的全身；到后来他的眼睛里涌上了泪水，他缩回双手挡在眼前，垂下了头。

他对于悲痛、委屈和苦恼的记忆还没有恢复过来；他知道没有恢复；对于这方面记忆的恢复，目前他也不敢相信或抱什么希望；但是他的心坎里发生了一种模糊不清的感动，使得他的心弦又能为蕴藏在远处音乐里的情感所拨动了。即使那乐声只是把他所丢掉的记忆的价值，悲悲切切地告诉了他，他也是热诚地感谢上帝的啊！

音乐的最后一个谐音终止了，他抬起头来倾听那久久荡漾于空中的乐声余韵的颤音。这时，那个幽灵出现了，站在沉睡着的小孩的身子的那边，呆呆地木然不动，一双眼睛直瞪着他。小孩正躺在它的脚旁。

尽管它的神色仍然和以前同样阴森骇人，可是当他浑身颤抖个不停地向它望去的时候，见它的容貌却不像以前那么狰狞残酷了——也许这只是他自己这么想着或希望着罢了。它并非独个儿站在那儿，因为它那朦朦胧胧的手正牵着另一只手。

那是谁的手呢？站在它身旁的那个形象难道真是米莉吗？还是只是她的灵魂或画像呢？那个文静的头微微垂着，正和她的举止一样，两只眼睛向下瞅着，仿佛在怜悯那个正熟睡着的小孩。一道辉煌的光照在她的脸上，可是并没有照到幽灵身上，因为，虽然它紧靠在她的身边，它仍然和以前一样，朦朦胧胧，什么色彩也没有。

"幽灵！"化学家见状又心慌意乱起来了，说道，"我对米莉始终没有执拗过，也没有傲慢过。啊，请你不要把她带到这儿来。这件事请你饶了我吧！"

"这不过是个影子罢了，"幽灵说，"明天一早，你就去找我这会儿带到你跟前来的这个形象的真人去！"

"难道我的无情命运注定我非去找她不可吗？"化学

家叫了起来。

"是的！"幽灵答道。

"去破坏她的安静，去毁掉她的美德，去把她变成我这个样子，去把她变成我把别人变成的那种样子！"

"我说的是'找她去'，"幽灵申辩道，"旁的我什么也没说。"

"啊，那么告诉我，"雷德劳听了幽灵这句话觉得可能有希望了，连忙抓住不放，大声嚷道，"我能够取消我所做过的事情吗？"

"不能！"幽灵答道。

"我并不要求恢复我本来的状态，"雷德劳说，"我所抛弃的东西是我自己心甘情愿抛弃的，失去它们是公正和合理的。可是对于我已经把那种不祥的魔法转送给他们的那些人，难道我不能帮助他们吗？他们自己并没有想要这种魔法，完全是不知不觉地接受了那个诅咒，事先没有得到任何警告，自己又没有闪避的能力！"

"不能！"幽灵说。

"如果我不能，那么有谁能吗？"

幽灵站在那儿，活似一尊雕像，两眼直瞪瞪地盯着他看了好一会儿；接着忽的转过脸去，朝身旁那个影子望着。

"啊！她能够吗？"雷德劳说，两眼仍旧望着那阴影。

幽灵松开了它始终紧抓着的米莉的那只手，缓缓地举起手来做了一个打发她走的手势，于是保持着原来态度的

107

那个米莉的影子，开始移动或是开始逐渐消散了。

"别走！"雷德劳嚷叫了起来，他这会儿的热忱是怎么也无法形容的，"请再待一会儿！请发发慈悲，再待一会儿吧！刚才乐声荡漾在空中的时候，我知道有一种变化已经降临到我的身上了。告诉我，我是不是已经没有伤害她的力量了？我是不是可以不用担心而尽管走近她了？啊，请你让她给我一个表示有希望的任何信号吧！"

幽灵仍然像刚才一样一直望着米莉的灵魂——一眼也不看他——对他的问话不予答复。

"请你至少告诉我——她是不是打现在起就能意识到一种可以纠正我所做过的一切事的力量？"

"她不能。"幽灵回答说。

"那么有没有一种她自己意识不到的力量授给她呢？"

"去找她！"幽灵用这句话作为答复。于是米莉的影子逐渐逐渐地消失了。

他们俩又和当初传授那份法术时一模一样，面面相觑，隔着那个靠近幽灵脚旁躺在地上的小孩，以骇人的眼光相互凝视着。

"可畏的导师哟！"化学家以祈求的态度跪倒在幽灵脚前，"当初你弃绝了我，而今你又访问了我。从你的再次来访，从你这温和了些的神色，我愿意相信我已经获得了一线希望。因此我决定不问情由绝对服从你了。我伤害了许多人，他们所蒙受的损失是人的力量所无法补偿的。

为了他们的缘故，我祈求我在良心受谴责的极度苦痛中所发出来的呼声已蒙垂听，或者是将蒙垂听了，但是有一件事……"

"你要对我说的是躺在这儿的这个小东西。"幽灵指着小孩，插嘴说道。

"正是，"化学家说，"你知道我要问什么了。为什么只有这个小孩能顶住我的影响？为什么，为什么从他的思想，我发觉我自己和他是惊人地志同道合的？"

"对于失去像你所抛弃的那种记忆的人来说，他是一个再好不过的、不折不扣的例证了。能使人心软肠柔的、对悲痛委屈或者苦恼的那些回忆，从来就没有进入过他的心，因为这个苦小子一生下来，便被弃置在比畜生的景况还要悲惨的景况之中，在他的记忆中，没有什么可以让他来相互对比，他也从来没有接触过可以受教化的事物，所以在他那块硬邦邦的心田上，也就没有这种记忆的种子可以萌芽、生长。这个孤儿的心是一整片不毛的荒原。凡是失去你所抛弃的那种记忆的人，他们的心也同样是一整片不毛的荒原。像这样的人活该受苦受难！凡是有着成千上万、像躺在这儿的这个小孩这样的怪物的国家，更是活该受上十倍的苦难！"

雷德劳听了这一席话，吓得畏缩了起来。

"在这样的人之中没有一个——一个也没有——不是播下了人类非收获不可的庄稼。这个小孩身上的每一颗罪恶的种子，都要长成一大片田地，人们去收割，贮入仓库，然后再播种到世界上许多地方，直至到处都布满了邪恶，激怒了上帝，再发一次淹没一切的大洪水①才算了结。在一个城市中的街道上，每天为人们所习以为常、不受惩处的、公开的凶杀行径，都及不上这样的惨状罪孽深重。"

幽灵好像低头望着呼呼熟睡着的小孩，雷德劳也低下头望着他。可是雷德劳这会儿是怀着与前迥异的情感望着。

"凡是身为父亲的人，不论他们每天白昼或是夜间行路，都会有这一类家伙走过他们的身边，凡是在这块土地上的慈爱的母亲，不管她属于哪个阶层，凡是从幼年状态长大成人的人，这些人统统都要对这种滔天罪恶担负各自不同程度的责任。这种邪恶给地球上所有的国家都要带来灾祸，世界上不论哪一门宗教都要受到它的摈斥，它要使所有的世人蒙受羞辱。"

化学家交叉着十个指头，浑身抖个不停，既因畏惧又出于怜悯之情，他望望睡着的小孩，又望望站在那儿指着小孩的那个幽灵。

"喂！"幽灵紧接着又说道，"瞧瞧你甘心选择的这个不折不扣的典型吧！你的魔力在这儿是一无用武之处的，因为在这个小孩的心里，压根儿就没有你能够驱逐的东西。他的

---

① 据《圣经·旧约·创世记》记载，上帝创造世界以后，"见人在地上罪恶很大"，感到后悔，便降雨四十天，使洪水泛滥，将人和飞禽走兽"都从地上除灭"。只有诺亚事先得到上帝的吩咐，带了全家和一些动物避入"方舟"，因而得救。

110

思想和你的思想正如你所说的，是'可怕地志同道合'，这是因为你已经堕落到他那个违背天理、不合人情的水平了。他是人类之'冷酷'的产物，你是人类之'自矜'的产物；在你们两个人的身上，上帝的仁慈的意旨已经被彻底破坏，而从精神世界的两极，你们俩凑到一块儿来了。"

化学家靠近小孩的身子弯下腰来，怀着和怜惜自己一样的凄切心情，给他盖上了一点儿东西，再也不像以前那样又冷酷又嫌恶地避开他了。

这时候在地平线上那道遥远的线条，一下子亮开了，黑暗退避了，一轮红日升了上来，顿时金光四射，在清爽的空气中，古老建筑的一堵堵山墙和一个个烟囱都闪着光，城市的烟雾和蒸汽都变成了金色的云彩。蜷伏的阵阵阴风经常在那儿肆无忌惮地打旋儿的、阴暗角落里的那个日晷，这时候抖掉了夜间堆积在它那呆钝的面庞上的细小的雪粒，睒着围着它把旋涡打得正欢的漫天飞舞的小小白雪花环。毫无疑问，晨光已经一路胡乱摸索着来到了那个久被遗忘了的地窖里，那儿阴冷阴冷的，到处散发着泥土的臭气，诺尔曼拱门半埋在那儿的泥土里；晨光激起了懒洋洋地紧粘在墙上的那些植物的呆滞的液汁，加速了在那儿的那些奇妙娇嫩的小小生物世界里的、缓慢的生命机能，使它们也隐隐约约地领会太阳已经升起来了。

台特北全家都起床了，都干起活儿来了。台特北先生逐一卸下了店铺的一块块狭长的门板，橱窗里陈列着的宝贝东西跟着也就——呈现在耶路撒冷大楼的住户们的眼前，尽管那些物件丝毫诱惑不了他们。小阿道弗斯早已走出家门，这会儿已经卖他的"排坡"卖到一半的时间了。五个小台特北正在后厨房里由妈妈指挥着经受凉水浴的酷刑，十只圆眼睛让肥皂和摩擦给弄得又红又肿。小莫洛克神正使着性子大吵大闹（遇上这样的情况，她总是如此），因而小约翰尼就被急急忙忙推到水里，马马虎虎冲了一下便上来，抱起妹妹，比往常更吃力地蹒跚在店门口了——小莫洛克神的体重又增加了好多，因为她加添了繁多的御寒衣物，诸如针织绒线衣裤啦，头巾啦，蓝色的绑腿啦，简直是给她穿上了一整套盔甲了。

这个小婴孩的一个特点就是老在长牙齿。究竟牙齿从来就没有长出来过呢，还是长了出来又缩回去，这可是谁也搞不清楚；但是根据台特北太太的表现，小婴孩的牙齿已经长得可以配备为数可观的牙科设备，简直已经够格好挂上一块"公牛与嘴"的招牌了。为了摩擦她的牙床，在她那紧连在她的下巴下面的腰里，总吊着一个骨制大环，摇呀晃的没个停。这个环子很大，足足抵得上一个年轻尼姑的大串念珠。可是这还不够。为了摩擦她的牙床，台特北太太还征集了大批形形色色的家伙——刀柄啦，伞尖头啦，从存货里拣出来的手杖头啦，肉豆蔻擦子啦，甲壳啦，门把儿啦，火钳上的木手柄啦，等等，连全家人的手指头也普遍都用上了，特别是约翰尼的手指头，而且这一切还

112

只是用来减轻这个小婴孩的痛苦的最普通的工具的一部分哩。至于这一星期之内，从她的牙床里必然已经摩擦出多少电来，那就不要去算它了。可是台特北太太仍然总是这么说："牙齿这就快钻出来啦！这个孩子就要像个样儿啦！"然而她的牙齿仍然就是不钻出来，因而这孩子也就老不像个样儿。

在几个钟头之内，这群小台特北的脾气全都变坏了。台特北老两口子也不比他们的儿女好一点。他们原都是不自私、好性格、互相谦让的那种可爱的人儿，碰上粮食不充足的时候（而事实上是常常不充足），大家总是心满意足地分享着，甚至慷慨地互相推让，有了一丁点儿的肉食就感到是很大的享受。可是现在他们却互相厮打起来，不但争肥皂，争凉水，甚至还争着尚没做好的早饭。每个小台特北都在打另一个小台特北；就连一向任劳任怨、一向忠心耿耿的约翰尼对小妹妹都动起武来了！是的，台特北太太偶然走到门口，见他恶狠狠地在妹妹盔甲上找了一处比较单薄、可以打疼的地方，啪嗒一声给这个遭殃的宝贝儿一巴掌。

在同一瞬间，台特北太太一把抓住他的领子，一下子就把他拖进了起坐室里，像高利贷的暴利那样更重地惩罚了他的暴行。

"你这个畜生！你这个小杀人犯！"她说，"你竟然忍心打她？"

113

"谁叫她牙齿老不钻出来?"约翰尼简直造反了,扯起嗓门反驳了,"谁叫她老烦我?你自己会高兴她这样吗?"

"高兴?我的小爷爷!"她一手抢过他那个被侮辱了的妹妹说。

"是的,高兴?"约翰尼说,"你会吗?我敢说你一点儿也不会高兴的!而且如果你是我的话,你一定会当兵去的。我也要当兵去。因为军队里没有娃娃!"

台特北先生刚才已经赶到吵吵闹闹的现场,这会儿若有所思地用手擦起下巴来了,他非但不去斥责那个小叛徒的不是,反倒对约翰尼这种关于军队生涯的见解仿佛深有感触似的。

"如果这个孩子的话是对的,我可真希望自己是在军队里,"台特北太太望着她的丈夫说,"因为在这个家里我根本就得不到一点儿安静。我是一个奴隶——一个弗吉尼亚州①的奴隶。"大概过去他们曾经一度落魄到经营烟草买卖的地步,这会儿模模糊糊地引起了她的联想,也就想出了这句言过其实的话来了,"一年到头,我从来没有过一天假日,也没有过一点儿娱乐!唉,愿上帝赐福保佑这个娃娃吧,"说着她按捺不住满肚子的怒气,狂摇着怀里的娃儿,这可跟她所表示的那么虔诚的愿望太不相称了,"哎哟,这个小鬼现在怎么也闹得不成话啦?"

---

① 美国东部一州,以产烟叶著称。

114

既然找不出原因，摇了半晌也摇不出什么名堂来，她就索性把孩子往摇篮里一扔，交叉起胳膊坐在那儿，怒气冲冲地用脚蹬着将摇篮摇起来。

"瞧你老站在那儿干什么呀，道弗斯！"她对丈夫说，"你为什么不干点儿事哟？"

"因为我什么也不愿干！"台特北先生答道。

"我可真不愿干哪！"台特北太太说。

"我敢起誓说我不愿干！"台特北先生说。

这时，约翰尼和他的五个弟弟忽然发动了一场牵制战。原来他们六个在布置早餐桌子的时候，为了暂时争占一个面包，竟然发生了冲突，于是你敬我一拳我回敬你一巴掌，打得可带劲儿啦！倒是最小的那个小弟弟具备一种早熟的谨慎态度，始终在打得乱成一团的战士们的外缘，闪过来又闪过去的，搬搬这个腿，踢踢那个脚。台特北夫妇见状猛冲到混战的中心，仿佛这是他们俩目前唯一的共同立场似的。这时候，他们往常的做父母的柔肠已无影无踪，只见他们朝四面八方乱杀乱砍了一阵，果奏奇效，于是他们重又恢复了原先的相互关系。

"你可以看看报嘛，总比一事不干强呀！"台特北太太说。

"报上有什么好看的？"他极度不满地反问道。

"说什么？有什么好看的？"她说，"治安的新闻嘛！"

"那关我屁事！"他说，"别人干什么，被怎么发落，跟我又有什么关系？"

"那么，自杀的案件呢？"她提醒他。

"与我无关！"她的丈夫答道。

"再说，出生、死亡、婚姻呢？难道这些事也与你无关不成？"她说。

"如果说一切出生都永远了结了，今天都了结了；如果说一切死亡明天就要发生，我也看不出和我有什么关系，除非我认为快要轮到我死啦，"他怨天尤人地喃喃说着，"至于说到婚姻，我本人已经结婚，因此关于婚姻的事我可知道得够多的咧！"

从台特北太太不满的表情和态度来判断，对于婚姻的看法，她倒似乎和她的丈夫没有分歧；但是为了要满足自己和他吵架的愿望，她偏偏和他闹对立。

"嗨，你是一个始终如一的人，不是吗？"她说，"你，还有那个你自己做的、整个儿由碎报纸裱糊起来的屏风。你不是老是坐在那儿，一连半个钟头不停地给孩子们读报吗？"

"喂，请你说过去我老是给他们读，好不好？"他说，"从今以后你再也不会看见我那么做了。现在我可变得聪明些啦！"

"呸！变得聪明些了？哼！"她说，"你是不是也变得好些了呢？"

这个问题在台特北先生的心中引起一个不和谐的调

116

子，他闷闷不乐地左思右想了一会儿，用手抹着前额，抹了又抹。

"好些了？"他嘟哝着说，"我不知道我们中间哪一个好些了，或者快活些了。你说的是好些了，是吗？"

他转过脸去朝着屏风，伸出一根手指在碎报纸上划来划去，终于找到了一段他所要找的文字。

"我记得这一段是过去全家最喜欢的文字之一，"他心灰意懒、麻木不仁地说，"过去每逢孩子们有点儿拌嘴，或者有什么不满意，只要我一念这段文字，他们就掉下眼泪，确实对他们有好处，效果仅次于林中知更鸟的故事[①]：'凄惨的贫困事件：昨天有一位小个子，怀里抱着一个婴儿，身边跟着六个衣衫褴褛、从两岁到十岁的、显然已经饿得要死的孩子，来到了可敬的法官跟前。做了如下的申述——'哈！我不明白这说的是什么，简直不明白！也看不出和我们有什么关系！"

"哎呀，他多老、多寒酸呀！"台特北太太注视着她的丈夫说，"我从来没有见一个人竟然会变成这副模样儿。哎呀！天哪！天哪！天哪！这真是一项牺牲呀！"

"牺牲什么了？"她的丈夫紧绷着脸问。

台特北太太只顾摇头，一声不吭，非常激动地使劲摇着摇篮，弄得那个娃娃简直是经受着一场海上的风暴。

"如果你指的是你的婚姻是一

---

[①] 相传知更鸟在树林中见无人掩埋的尸体，便衔树叶覆盖之。

项牺牲，那么，我的好女人，那么——"他说。

"是的，我指的正是这事！"她说。

"那么，我的意思是，"他和她同样使气地说下去，"这件事有两个方面，做了牺牲的是我，我但愿你当初没有接受这个牺牲才好。"

"台特北，我向你保证，我实实在在希望当初没有接受这个牺牲，"她说，"你是不可能比我希望得更心切的了，台特北！"

"我真不明白当初我看中了她什么来着，"那个报商嘟哝着说，"我真不明白哪！——当然啰，如果当初她有什么让我看中的话，现在可没有啦！昨天吃过晚饭，我坐在火炉旁就这么想过的：她又胖又上了年纪，怎么也比不上大多数的女人了。"

"他呀，相貌平平，一点儿气派都没有，个子既小又矮，已经开始驼背了、秃顶了！"台特北太太抱怨着说。

"我当初居然娶了她，我一定是差不多疯啦！"他嘟哝着说。

"我当初居然嫁了她，我的脑筋一定糊涂了，"她煞费苦心地推敲着原因说，"这事也只有这样来解释了。"

他们是怀着这样的心情坐下来吃早餐的。可是那几个小台特北们不习惯于把这顿饭看作是要坐下来的玩意儿，却把它当作一场舞蹈或小跑步来寻欢作乐。他们一忽儿像发酒疯似的尖声喊叫，同时抓起面包和牛油在空中挥舞，

118

一忽儿又作为附带的把戏，排成乱七八糟的队伍走到街上，又回进屋里，在门口台阶上用一只脚跳上跳下，他们活像是在举行什么生番的典礼。目前他们争执的焦点是摆在桌上的那个为大伙儿所共有的、盛着掺水牛奶的缸子。个个争得面红耳赤、怒不可遏，此情此景，令人可叹，委实是对瓦茨博士①身后名誉的凌辱。直到台特北先生把这群小鬼一股脑儿赶出前门以后，才算有了片刻的安静。可是不一会儿又听得呃嗝呃嗝的声响，这才发现原来约翰尼不知什么时候已经偷偷地溜了回来，正端着牛奶缸子贪婪地喝着，因为慌忙得不像个样儿，噎得他发出那种声响来，仿佛一个有腹语术的人在说话呢。

"这些小鬼早晚要把我给气死！"台特北太太把小罪犯赶走以后说，"也好，早点把我气死更好！"

"穷人根本就不该生男育女，他们一点儿乐趣也给不了我们！"台特北先生说。

这时候他正在把太太没好气地推搡给他的杯子举起来，他的太太也正在把自己的杯子端起来往嘴边送，忽然他们俩都停住不动，呆若木鸡。

"啊！妈妈！爸爸！"约翰尼叫嚷着奔进屋来，"威廉太太从街上走过来啦！"

如果说自从开天辟地以来，

① 指伊沙克·瓦茨（1674—1748），一位新教教徒校长的儿子，曾在1715年写过《儿童圣歌》，其中包括著名的句子：
　　狗爱叫，爱咬，让它们去吧，
　　因为上帝把它们造成这样子。

曾经有个小男孩儿,像个老练的护士一样,小心谨慎地从摇篮里抱起一个娃娃,温柔亲切地哄着她,摇摇晃晃地把她抱走;那么,约翰尼就是这个男孩儿,小莫洛克神就是这个娃娃,他们俩一块出去了。

台特北先生放下了他手中的杯子,台特北太太也放下了她手中的杯子。台特北先生抹了抹自己的前额,台特北太太也抹了抹自己的前额。台特北先生的脸开始柔和起来,发亮起来,台特北太太的脸也开始柔和起来,发亮起来。

"啊!求主宽恕我!"台特北先生自言自语道,"刚才我发的是多么坏的脾气呀!这倒是怎么回事啦?"

"在我昨晚说了那番话、有了那种感触之后,我怎么可以再待他不好呢?"台特北太太抓起围裙揩着眼泪,呜呜咽咽地说。

"难道我是一个畜生吗?"台特北先生说,"我的心里到底还有没有一丁点儿的善良呢?索菲娅,我的小女人哟!"

"道弗斯,我的亲人哟!"她说。

"刚才我的心情竟然变成那样儿,"他说,"我现在想了实在难过哪,索菲娅!"

"啊,跟我刚才的心情比起来,那算得了什么哟!"他的太太在一阵极度伤心中突然大声哭着说。

"我的索菲娅呀,别这么难过哟!"台特北先生说,"我永远饶不了我自己啦,我知道我一定深深伤了你的心了。"

"没有,道弗斯呀,你没有哟!是我伤了你的心!是我呀!"台特北太太哭道。

"我的小女人!"她的丈夫说,"别这么说!瞧你有这么高尚的气概,我实在不知道怎样来责备自己了!索菲娅,我的爱!你不晓得我刚才想了些什么咧!当然,刚才我的态度已经够坏够坏的了,可是,我的小女人呀,我刚才所想的更……"

"啊,亲爱的道弗斯,还是别说吧!别说了!"她哭着说。

"索菲娅呀!"台特北先生说,"不行哪,我非得说出来不可;要是不说出来,我的良心实在过不去!我的小女人呀!——"

"威廉太太走近啦!"约翰尼在门口尖声喊叫道。

"我的小女人,我刚才心里纳闷着怎么——"台特北先生这时候全靠椅子支撑着自己的身子,气喘吁吁地说,"纳闷着怎么自己当初竟会拜倒在你的石榴裙下——把你给我生了这些宝贝心肝这回事也忘得精光,一味嫌你长得够不上我理想的那么苗条。我——我根本就没有回想,"他严厉地自我责备着,"没有回想到这些年来由于你嫁给了我而操了多少心,又如何照看我和孩子们!而如果你嫁了别人,就可能什么心也不用操,那个人也许比我混得好,比我幸运。而且任何女人都不难找到那样的男人的,这我确实知道。在这些年的艰苦日子里,你给我安慰,为我操劳,你因为受苦而衰老了一些，我却嫌你老而跟你吵闹。你能相信竟有这等事吗，我的小女人？连我自己都几乎没法相信哪！"

台特北太太像刮旋风似的一会儿哭，一会儿笑，两手捧住丈夫的脸不放，嚷道：

"啊！道弗斯！我真高兴你刚才这么想，我很感谢你刚才这么想！因为我刚才想你的相貌很平凡，道弗斯；而事实上你的相貌也确是平凡得很的，我的爱；可是我但愿你是我所见到的相貌最平凡的人，直到你用你那双好手把我的眼睛合上，让我安然死去。我刚才想你的个子矮小；而你也确实矮小，可是我宝贝你，因为你是我的丈夫；又因为我爱我的丈夫，所以我更宝贝你。我刚才想你开始驼背了；而你也确实是这样，也因此我一定要你靠在我身上，我要尽力把你撑住。我刚才想你没有气派；可是你有呀，你使人感到家庭的舒适自在，这才是再纯洁、再好也没有的气派呀！啊，愿上帝再保佑这个家和所有属于这个家的人，道弗斯！"

"啊哈！威廉太太来啦！"约翰尼嚷道。

她果真来了，所有的孩子也跟着来了；她进了屋子以后，孩子们都拥上前去吻她，又互相吻着，也吻那个小妹妹，也吻他们的爸爸和妈妈。吻完以后，又纷纷跑回来围着她跳起舞来，乐得不可开交地跟着她转动。

台特北夫妇不甘落后，也热情洋溢地欢迎着米莉，简直跟自己的孩子们一模一样地让她给吸引住了。他们俩跑上前去吻她的双手，紧紧把她围住，觉得怎么招待她都不够热情，都不够热烈。她像是一位完美无比的神，慈爱的神，温柔体贴的神，仁慈的神，家庭的神，翩翩地降临到他们一家人中间来。

"怎么，在这明朗的圣诞节早晨，你们大家都这么喜欢看见我吗？"米莉交叉起十根手指头，愉快而诧异地说，"哎呀！这太叫人高兴了！"

孩子们叫嚷着更热闹了，大家又吻她，又围着她打转，在她的周围洋溢着快乐，热爱，欢欣，敬意，使她快乐得简直受不了。

"哟！"米莉说，"你们使我流出了多么甘甜的眼泪来啦！我哪里配受你们这样的对待哟？我做了些什么值得你们这样爱我呢？"

"又有谁能不爱你呢？"台特北先生大声喊道。

"又有谁能不爱你呢？"台特北太太大声喊道。

"又有谁能不爱你呢？"孩子们欣然异口同声地也跟着喊了起来。他们又跳舞了，又围着她打转了。他们抱住她，把玫瑰似的小脸蛋贴在她的衣服上，又吻又抚摸着她的衣服，又爱抚了她，可是把她摸了又摸，把她的衣服也摸了又摸，就是怎么也摸不够。

"我从来没有像今天早晨这么感动过，"米莉指着眼泪说，"我简直感动得说不出话来啦，我一能说话，就得马

123

上告诉你们一件事。今天早晨太阳一出来，雷德劳先生就来找我。他的态度温柔极了，好像他见到的不是我，而是他的宝贝女儿似的。他恳求我和他一同到威廉的哥哥乔治卧病的地方去。我就和他一同去了。一路上，他那么体贴，那么柔顺，那么信赖我，对我抱着那么殷切的希望，使我情不自禁地高兴得哭了。我们俩到了那座房子的时候，在门口遇上一个女人——她身上有青肿块儿，怕是让人打过的。她抓住我一只手，我从她身旁走过去的时候，她祝福了我。"

"她做得对！"台特北先生说。台特北太太也说那女人做得对。所有的孩子都嚷着说那女人做得对。

"啊！还不止这件事呢！"米莉说，"我们上了楼，进到屋里的时候，只见躺在那儿一连几小时怎么也唤不醒的病人，忽然从床上坐起来，哇的一声哭了。他向我伸出两只胳膊，说他自己白白糟蹋了一生，说想到过去非常难过，自己现在是真正懊悔了。又说对于他自己的过去，现在能看得清清楚楚，那是一片奇妙的景色，原先密布空中的乌云已经消散了。他还要我请求他的老爸爸宽恕他、祝福他，还要我在他的床边为他祈祷。于是我为他祈祷了，雷德劳先生也热情地参加了祈祷，接着向我谢了又谢，然后也向上帝谢了又谢，澎湃在我心中的喜悦像洪水似的满溢，要不是病人求我坐在他的床沿上，我真会兴奋得又是哭又是叫嚷的。而坐在他的身旁，我当然就得安安静静的。我坐在那儿，他一直握住我的手不放，后来打起盹儿来了，于是我把手轻轻抽出来，打算离开他到这儿来，因为雷德劳先生非常热切地希望我来这儿。可是他甚至在瞌睡中还伸出手来摸索找我的手，因此只好由别人坐在我的位子上来，由那人把手递给他，让他当作是我的手。啊！啊！"米莉抽抽搭搭地说，"我该怎样感激这一切，为这一切而高兴啊！对于这一切我真是太感激，太高兴了！"

她说着的时候，雷德劳已经进了屋子。他是先站住把这群以她为中心的人仔细观察了一会儿以后，才悄悄地走上楼去的。现在他又出现在那些梯级上了；这时候，那个青年学生从他的身边擦过，从楼上跑了下来，而他就停留在梯级上。

"仁慈的护士，最和蔼最善良的人哟！"学生跪倒在米莉的脚下，抓住她的手说，"请你宽恕我的无情，我的忘恩负义吧！"

"哦！哦！"米莉天真地嚷起来，"瞧呀，这儿又是一个！哦！这儿又是一个喜欢我的人！哦！这可叫我怎么办呀！"

她说这几句话的时候，表情真挚淳朴，又把两手举到眼前，纯然由于喜悦而潸然泪下，那模样儿动人极了，可爱极了！

"我失常了，"学生说，"也不晓得是怎么回事——也许是神经错乱的影响——我像是疯了。但是我已经好了。

几乎在我开口说话的同时,我就恢复正常了。刚才我听见楼下那些孩子喊你的名字,你的名字一经传出,那个阴影就立刻脱离了我。啊,别哭了!亲爱的米莉!如果你能看到我的心,你只要知道我的心是因为多么深的情感和多么感激的敬意而燃烧着,你就不会叫我看你掉泪了。你的眼泪对于我是多么重的责备啊!"

"不,不,"米莉说,"我并不是为责备人而哭。绝不是呀!我是快活得哭了。你竟然因为这么一丁点儿的小事觉得非要我宽恕不可,这实在叫我惊讶,然而也太叫我高兴了!"

"那么你是不是愿意再回来呢,你是不是愿意把那个小窗帘做好呢?"

"不,"米莉把眼泪擦干了,摇摇头说,"今后你不会再在乎我的针线活儿了。"

"你说这句话是宽恕我了吗?"

她使了个眼色把他叫到一旁,凑到他的耳朵轻声说:

"埃德蒙先生,你家里有消息来啦!"

"消息?哪儿来的?"

"不晓得是因为你病重时没有写信呢,还是因为你的病刚刚好转时,你的字体走了样儿,反正使人对你的真实情况产生了疑虑。总之,不管是什么原因——喂,你有把握,不管是什么消息都不会给你的健康带来不利吧——如果不是坏消息的话?"

"肯定不会的。"

"好吧，那么我告诉你，来了一个人啦！"米莉说。

"我的母亲吗？"学生问道，他无意中转过头去望了望已经下楼来的雷德劳。

"嘘，轻声点儿！不是的。"米莉说。

"不可能是别人！"

"真的吗？"米莉问道，"你敢断定吗？"

"不会是——"他正要往下说，米莉伸手按住他的嘴。

"是的，正是她！"米莉说，"那位小姐——她的相貌呀跟那帧肖像可真像呢，不过更漂亮些，埃德蒙先生——那位小姐对你的情况疑虑重重，要是不弄个明白就怎么也放不下心，于是昨天晚上就带了一个小女仆一同来了。因为你在信上总是写发自学院的年月日，所以她就上那儿找你去了；今天早晨我看见雷德劳先生之前，先见到了她，她也喜欢我呢，啊，又一个喜欢我的人！"

"今天早晨！她现在在哪儿？"

"哟！她呀，现在呀，"米莉又趋前凑着他的耳朵说，"就在我们门房的小起坐室里，正等着见你哩！"

他紧握了一下她的手，正要飞奔而去，却让她给拦住了。

"听着！雷德劳先生大大变了，今天早晨他告诉我说他的记忆力受到了损伤。对他要多多体谅，埃德蒙先生。他需要我们大家的体谅哪！"

青年学生用眼神示意,请她放心,向她表示她的这一慎重态度不会是白费心机、徒劳叮嘱的。于是当他往外走去,经过那位化学家的身旁的时候,恭敬地向他弯了弯腰,可是他的兴趣显然不在他的身上,而是在前面。

雷德劳很客气地,甚至很谦卑地还了礼,目送着他离去的背影。然后垂下头来用手支着,好像是在追忆已丢失了的什么东西,可是怎么也记不起来了。

自从圣诞音乐感动了他,接着幽灵再次出现以来,一个持久的变化已经降临到他的身上,他这才真正感觉到自己丢失了多么多的东西,使他现在能够对自己的境况觉得可怜,能够把自己的境况和周围人们的自然状态作一鲜明的对照。这一来,他对周围人们的兴趣也就恢复了,对自己的不幸遭遇的一种谦恭柔顺的感觉也滋生了。人们上了年岁,脑力衰退,可是虽然身体虚弱却并没有麻木不仁或郁郁寡欢等状况的时候,往往也有这种感觉。雷德劳的情形正与此相仿。

他觉察到,他是通过米莉来弥补自己一个又一个的过失,自己越来越常常跟她在一起,在这一过程中,这个变化在他的内心逐渐自行成熟了。因此,同时也由于米莉激起了他的依依不舍的情感(但他并不存其他的心),这样就使他总是觉得很离不开她,觉得她是他在忧患中的支柱。

所以当米莉问他说,他们俩是否应该就回家去看看她的老公公和丈夫时,他毫不犹豫地回答道:"是,是!"——

而他自己原也急于要看看他们。于是他挽起米莉的手臂傍着她走了。他看上去根本就不像那个对于自然界的奥秘一目了然的聪明渊博的学者,她也不像那个不怎么读书识字、没有多大文化教养的女人;仿佛两个人的位置已经对换了一下,他倒一无所知,而她却无所不晓了。

他们俩手臂挽着手臂走出那座房子的时候,他看见孩子们蜂拥而上,爱抚着她;他听到他们的咯咯咯的笑声和愉快的说话声;他看见孩子们快活的小脸,像一簇鲜花似的把她紧紧围住;他看见他们的父母恢复了相互的恩爱,又怡然自得了;他呼吸到这个恢复了平静的贫寒家庭的淳朴气息;他想到了自己给这个家庭散播的毒菌,要不是米莉,他还会继续扩散这些毒菌的;也许这就难怪他这么恭顺地走在她的身旁,把她那温柔的胸膛揽得更贴近自己一些了。

他们到达学院门房的当儿,老公公菲力普正坐在他那烟囱旁边的座位上,呆呆地望着地板,他的儿子威廉正靠在壁炉的那一头瞅着他。米莉一跨进房门,他们两人都吃了一惊,都转过脸来向着她,刹那间他们的脸发生了璀璨的变化。

"啊!啊!啊!他们像别人一样,见到我也这么高兴!"米莉突然停下步子,狂喜地拍手嚷道,"这儿又是两个喜欢我的人!"

见到她很高兴!"高兴"这个词儿还不够味儿呢!只

见她丈夫大张着两条胳膊欢迎她，她飞扑到他的怀抱中去了。他原是多么愿意在这短促的冬日里，一整天这样搂着她，让她的头一直这样靠在他的肩膀上啊！可就是老公公也放不过她，也伸出两只胳膊把她紧紧地搂在怀抱中。

"唉，我的安静的小耗子这老半天可上哪儿去了啊！"老人说，"她离开家好久啦。我发觉，没有小耗子，我简直就没法过日子哪！我——我的儿子威廉在哪儿呀？——我觉得自己好像做了一场梦，威廉！"

"我正是这么说的呢，爸爸！"儿子回答道，"我觉得我做了一场噩梦！——你好吗，爸爸，你很好吧，爸爸？"

"挺结实，挺硬朗，我的孩子！"老人说。

这是多么动人的一个场面啊！只见威廉先生握握父亲的手，又拍拍他的背，接着轻轻地、缓慢地顺着他的脊骨往下抚摸着，好像觉得怎么做也表达不了他对爸爸的关切。

"你真是个了不起的人啊，爸爸！——你好吗，爸爸？你真的很健旺吗，爸爸？"威廉说着又握握他的手，又拍拍他的背，又往下抚摸着。

"我生平从来没有像现在这样爽快，这样强壮，我的孩子。"

"你是多么了不起的人啊，爸爸！说的正是呢！"威廉先生热情洋溢地说，"我一想到爸爸一生中的种种经历，种种意外和变化，种种悲痛和苦恼，再想到在这漫长的年月里他的头发变白了，而且年复一年种种遭遇仍然向他的白发苍苍的头上堆去，想到这一切，我就觉得我们怎样也表达不尽我们对这位老人的敬意，怎么也不能使他的晚年过得足够舒服——你好吗，爸爸？你真的很好吗，爸爸？"

要不是老父亲一眼瞥见了刚才他一直没有觉察到的雷德劳先生，威廉一定会无休止地问了又问他的健康如何啦，握握他的手、拍拍他的背啦，又顺着背脊往下抚摸着。

"对不起，雷德劳先生，"菲力普说，"我不知道你在这儿，否则我真不敢这么放肆的！先生，这会儿见你在这儿使我想起有一年圣诞节早晨也看见你在这儿。那时候你还是个学生，念书可真用功咧，甚至在圣诞节的几天节日里还在我们的图书馆里前前后后地到处转悠。哈！哈！也只有活到我这把年纪的人，才能想起这件事；而且我还记得清清楚楚，我确实记得清清楚楚的啊，虽然我今年已是八十七啦！是在你离开这儿以后，我的可怜的老婆死了。你还记得我那可怜的老婆吧，雷德劳先生？"

化学家回答说他记得。

"是啊！"老人说，"她真是个可爱的人儿哪！——我记得在一个圣诞节早晨你和一位年轻的小姐一块儿来这儿——对不起，雷德劳先生，我想她是你非常疼爱的妹妹吧，是吗？"

化学家看了看他，摇摇头。"我有过一个妹妹。"他茫茫然地说。除此以外，他什么也不知道了。

"一个圣诞节的早晨，"老人继续说下去，"你和她一块儿到这儿来——当时天开始下起雪来,我的老婆就请那位小姐进屋来,在我们当年那个雄伟的大餐厅里的炉火旁坐下,因为在圣诞节那天,那里总是生火的。那间屋子在我们那十位可怜的改捐年度现金津贴之前是充当餐厅的。当时我也在餐厅里。我记得当我把炉火拨得旺些,好让小姐暖和一下她那双美丽的脚的时候,只听得她大声念着写在那张肖像下方画着的一个圆轴上的字句:'天父啊,愿您保佑我记忆永新!'接着她和我那可怜的老婆谈论起这个祷词来。现在想来,真是稀奇的事,因为当时她们两个都不像快要死的人,却居然都说那是一个上好的祷词,都说如果她们年纪还轻的时候就被上帝召去,她们一定会极其热切地用这个祷词为她们最心爱的人们祷告。那位小姐说'我要为我的哥哥这样祷告',我那可怜的老婆说'我要为我的丈夫这样祷告','天父啊,愿您保佑他对我记忆永新,不要让他忘记我!'"

两行热泪从雷德劳的双颊流了下来——这是他一生中所流的最辛酸最苦痛的眼泪!完全沉浸在对这个故事的回忆中的菲力普,只顾谈着谈着,没注意他,直到这会儿才见他在掉眼泪,也直到这会儿注意到米莉的忧心忡忡的神态,才知道自己不该再往下说了。

"菲力普!"雷德劳伸手按在他的胳膊上说,"我是一个受了打击的人。老天的手已经重重地打击了我,而我也确是罪有应得的。我的朋友啊,你讲的这些事我摸不着头脑，我的记忆力已经完全丧失了。"

"慈悲的主啊！"老人大声喊了起来。

"我已经失去对悲痛、委屈和苦恼的回忆，"化学家说，"可是我连带也失去了凡是一个人所能记得的一切！"

只要你看到菲力普对他是如何地怜悯，如何把自己的大椅子推过去请他坐下，如何同情他的损失、心情沉重地望着他，你就可以知道这样的回忆对于老年人是多么宝贵了。

这时候那个野孩子跑进屋来，直奔向米莉。

"这就是那间屋子里的那个人，"小孩说，"我不要他！"

"他说的是谁？"威廉先生问。

"嘘！"米莉叮嘱他勿作声，又使了一个眼色，于是威廉父子俩悄悄地溜出了屋子。

当他们这样没有让雷德劳觉察地溜出屋子之后，雷德劳向小孩招招手，叫他过去。

"我最喜欢这个女人。"小孩抓住米莉的裙子说。

"你是对的，"雷德劳微微一笑说道，"不过你也不必害怕到我这边来。我现在比以前温和了。对所有的人，特别是对你，我是温和些了，可怜的孩子！"

开头，小孩仍然踌躇不前，可是一点一点地听从了米莉的催促，同意朝他走近，甚至在他的脚旁坐下了。雷德劳伸出一只手按在小孩的肩膀上，怜悯地、带着一种同病相怜的神态望着他，伸出另一只手给米莉。米莉在他的另一边的身旁弯下腰去，这样她就可以定睛看着他的脸，她沉默了一会儿，然后说道："雷德劳先生，我可以和你说句话吗？"

"可以，"他目不转睛地盯着她说，"对于我，你的声音和音乐一样。"

"我可以向你发问吗？"

"请随便问吧。"

"你还记得昨晚我敲你的门的时候说些什么吗？我说的是关于一个过去曾是你的朋友，如今正站在毁灭的边缘上的人，记得吗？"

"记得。我记得。"他有点支支吾吾地说。

"你明白是怎么回事吗？"

雷德劳一面抚摸着小孩的头发，一面呆呆地望着她，摇了摇头。

"过后没多久我找到了这个人，"米莉的嗓子原本是既清晰又柔和，而她这会儿望着雷德劳的那和蔼的目光，使她的嗓子显得格外清晰柔和了，"我回到了那所房子，多谢上帝的帮助，我找到了他。我到得不算太早，再迟一会儿就太晚了！"

雷德劳从小孩的头上抽回他的手，按在米莉的手背上，更凝神地注视着她。而她由于对他那怯生生的，然而又出自至诚的抚摸的感动，她的嗓子和眼神也同样深深地感动了他。

"那个人就是埃德蒙先生的父亲——埃德蒙就是我们刚才看见的那个学生。他的真姓是朗福特——你想得起来这个名字吗?"

"我记得起来。"

"那个人呢?"

"记不起,记不起那个人了。他亏待过我没有?"

"亏待过呀!"

"啊!那就没有希望了——没有希望记得起他了!"

他摇摇头,轻轻地拍拍自己握住的她的那只手,好像默默地求她怜悯似的。

"昨天晚上我没有上埃德蒙先生那儿去,"米莉说,"你只管听我说下去,只当你自己对所有的事都记得那样,好不好?"

"好,我会仔细听着你说的每一个字。"

"昨天晚上我没有上埃德蒙先生那儿去,一则是因为当时我还不知道那个人真是他的父亲;二则是因为我担心万一真是他的父亲,他在久病初愈的时候获悉这样的消息,对于他将会发生怎么样的影响。至于那个人,自从我知道他是谁以后,我也没有上他那儿去过,可是这是另有原因。因为他早就跟他的妻子和儿子分开了——几乎自从他的这个儿子还在襁褓之中的时候,他跟他的家人就视同陌路,这我是听他本人说的——他甩掉了、遗弃了他原该最心爱的人。打那以后,他就不断地堕落,每况愈下,从原来的高尚人士的品格一直堕落成……"说到这儿，她忽然站起身来，往外走去，不一会儿工夫，她又回到屋里来，带着雷德劳昨天晚上见到的那个落魄的人。

"你认识我吗？"化学家问那人道。

"如果我能够答复你说我不认识你，那我就高兴了，而'高兴'这个词儿在我实在是难得用它的。"

化学家直瞪瞪地盯着这个站在他的面前、自卑又气馁的人。要不是米莉又跑过来站在他身边那个老位置上，又把他的注视的目光吸引到她的脸上来，那么他一定会继续呆望得更久，拼命搜索枯肠，做着徒劳的追忆。

"你瞧他已经沦落到什么地步，落魄成什么样儿了！"她向化学家伸出一只胳膊，始终盯着他的脸，轻声说道，"如果你能想起全部与他有关联的事，你会不会因为这个你曾经爱过的人竟然沦落到这般田地而深受感触，并且动了怜悯之情呢？——让我们姑且不管那是多久以前的事，也不管他所丧失的是怎么样的一种信任吧。"

"我希望我会怜悯他，"化学家回答，"我相信我会。"

他的目光恍恍惚惚地飘到靠门站着的那个人的身上，又马上回到米莉身上，仿佛竭力要从她的每一声语音和每一次顾盼的眼神中领受什么教诲似的。

"我没有学识，而你是那么渊博，"米莉说，"我不习惯动脑筋，而你总是思考着什么。我认为我们记住别人对不起我们的事，是有好处的。我可以告诉你这个道理吗？"

"请你说吧！"

"因为那样我们就可以宽恕人家。"

"宽恕我，伟大的上帝哟！"雷德劳抬起眼睛向上望着说，"宽恕我抛掉了你那高贵的特性！"

"如果，"米莉说，"如果正如我们所希望，所祈求的，有一天你的记忆恢复过来了，你一想起一桩冤情，同时也想到你已经宽恕那个亏待你的人，那样岂不使你感到幸福欢快吗？"

雷德劳看了看站在门旁的人，转瞬间又一眼不眨地盯着她；这时候他只见一线更清澈的光，从她那明亮的面庞射进了他的脑子。

"他不能重返他所遗弃了的家庭，他也不想回去，因为他知道那样只能把耻辱和苦恼带给他那么狠心遗弃了的人；他知道他现在所能给那些人的最好的补偿是躲开他们。只要有谁能谨慎地暗地里给他一点点钱，他就可以出走远方，在那儿过活，不再犯错误，并且竭尽所能地赎回过去的种种罪行。而对于那个不幸的女子（也就是他的妻子）和他的儿子来说，这笔赠款是他们最好的朋友所能给予他们的最上好的、最仁慈的恩惠——也是他们俩永远无须知道的一种恩惠；对于他本人——这个身心惨遭摧残的身败名裂的人来说，那简直是一种再生之恩了。"

雷德劳伸出双手捧住她的手，吻了吻说："好，就这样吧，这事我托付你替我办，现在就办，悄悄地办；同时也请你告诉他：如果我能懂得为什么要这么做，从而得到幸福，我一定会宽恕他。"

米莉站起身来，把喜形于色的脸转向那个落魄的人，向他暗示她的调解已经成功。那人随即向前迈了一步，垂下了双眼向雷德劳说道：

"你的度量这么豁达——你一向就是这样的——豁达得还要极力驱除掉你眼前这个冤屈你到了极点的人在你胸中所激起的报复心情！可是，雷德劳，我并不想把这种心情从自己身上驱逐掉。如果你能够的话，请相信我。"

化学家做了个手势，恳求米莉再向他自己靠近一些。他一面听着那个人说话，一面望着她的脸，好像要从她的脸上找出他所听见的那番话的来龙去脉似的。

"我是个败坏得透顶的坏蛋，根本不配作什么表白；而且由于我对自己过去的所作所为记得清清楚楚，我也就实在害怕在你面前作任何表白。但是我可以说，打从我欺骗了你，跨出头一步的堕落步子起，我就毫不犹豫地、不停顿地直往下溜向毁灭的深渊。这就是我所要说的。"

雷德劳把米莉拉过来紧挨在他自己的身旁，转过脸去望着那个说话的人，显出悲痛的表情，还有一种认出那人是谁似乎觉得很伤心的样子。

"假如当初我避免了那致命的头一步，我就可能成为另一个人，我的一生也可能是另一个样儿。可是我实在也不知道是不是准会那样，就算可能，我也没什么可夸的。

138

你的妹妹已经归天了，这样倒比跟我一块儿过活来得强，即使我的为人一直像你当初所认为的那样，即使我是一度自认为的那样一个人。"

雷德劳急忙挥了一下手，像是希望把这个话题撂在一边不再提起。

"我像是一个被人从坟墓里拉出来的人在说话，"那人接下去说，"因为要不是这位好心肠的太太拉我一把，昨天晚上我就为自己掘了个坟墓了。"

"哎呀，他也喜欢我！"米莉轻声哽咽着说，"又是一个喜欢我的人！"

"本来嘛，"那人又说道，"我就是讨饭，昨天晚上也不会自动冲到你跟前来讨的。可是今天，我对往事的回忆猛然给唤醒了，我也弄不懂怎么搞的，那些情景竟然栩栩如生地显现在我的眼前，因此经这位好心眼的太太一提议，我就有了勇气前来领受你的施舍，来向你道谢，我还要恳求你，雷德劳，恳求你在临终时，要在心里宽恕我，正如你现在在行动上宽恕我一样！"

说完他就转身朝门口走去，刚走了几步，又停下来。

"我希望为了他的母亲的缘故，你会关心我的儿子。我希望他能值得你的关怀。除非我还会活很久，同时也确知自己没有辜负你的帮助，我将再也不会看见他了！"

在往外走去的时候，他这才头一次抬眼看了看雷德劳。目不转睛地凝视着他的雷德劳，像在睡梦中似的，伸出了一只手。那人回过来伸出两手触了一下他的手——只是轻轻一触；随即垂下了头，一步一顿地走出去了。

米莉静悄悄地把那人领到大门口去，化学家有气无力地坐了下来，两手掩住了脸，过了一会儿工夫，米莉和她的公公、丈夫（他们父子俩也非常关心他）一同回到屋里来。见他这般模样，她不敢打扰他，也不让别人打扰他，只是在他坐着的椅子近旁跪下来，给睡在地上的小孩盖上一点暖和的衣物。

"问题就在这儿，我总是这么说的呢，爸爸！"对她崇拜得五体投地的丈夫大声说道，"威廉太太的心里就是有着一股非发泄不可，也必定会发泄出来的母爱啊！"

"是啊，是啊！"老人说，"你说得对！我的儿子威廉说得对！"

"毫无疑问，亲爱的米莉，"威廉先生温柔地说，"我们没有孩子是出于天意的；可是有时我又巴不得你也有一个孩子，好让你爱他，抚育他。我们死去的那个娃娃，那个你对他有过那么多指望的娃娃，那个半口活气也没有呼吸过的孩子——是他使你这么安静温柔的，米莉。"

"每逢想起他，我就非常快乐，亲爱的威廉，"她说，"我每天都想他。"

"我老是担心你把他想得太多了。"

"别说担心，他对我是个安慰，他用很多方式对我说话。这个一无瑕疵的小乖乖在世间一天也没有活过，对我实在是个小天使哪,威廉。"

"你对父亲和我来说,也是个天使哪,"威廉先生柔声柔气地说,"这我很清楚。"

"每逢我想起自己对那个娃娃怀有的那么多的指望,想起有许多次,我坐着,想象躺在我怀里的那个笑眯眯的小脸蛋(而事实上他从来没有躺在我怀里),想象盯着我眼睛望着的那对逗人喜爱的小眼睛(而事实上那对眼睛从来没有见过阳光),"米莉说,"我就对一切受了挫折的、无邪的愿望,能够感到更深的怜悯。每逢我看见慈爱的妈妈怀中抱着一个美丽的娃娃,我就更爱他,因为我想到我的小乖乖或许也像那个样儿,他或许也会使我的心和那位妈妈同样骄傲,同样幸福。"

雷德劳抬起头来,向米莉望去。

"在我的一生中,我的小乖乖始终在对我说这说那的。"米莉接着说,"我的小宝贝仿佛还活着,在为一切没人照管的可怜的孩子们求情,用的是一种我所熟悉的嗓音。每逢我听说有哪个青年受苦蒙羞,我就想到我的孩子也可能会有这样的遭遇,幸亏上帝向他发慈悲,及早把他领了回去。甚至通过像爸爸这样的苍苍白发的老人家,他也向我显现,对我说,在你我去世以后,他也可能活到一大把年纪,需要年轻一辈的尊敬和爱护。"

她拉起丈夫的手臂,把脑袋靠在上面,温和的嗓子比以前更温和了。

"所有的孩子都那么爱我，这使我有时候激起了一点儿幻想——那是傻念头，威廉，我想他们都有一种我所不懂得的、对我和我的小乖乖的感情，他们仿佛也都明白，为什么他们的爱对我是那么宝贵。如果说，自从小乖乖死后，我变得温和了，那么我在许多许多方面也变得愈益快活了，威廉，而且，亲爱的，甚至在我的小宝贝儿刚生下不久就死去的那几天里，我又衰弱又悲伤，难免有些难过，可是就在那时，我的脑子里冒出了一个念头，我想如果我一生好好做人，死后就会在天堂里看到一个可爱的小东西招呼我，叫我'妈妈'！这样一想，我也感到快活了。"

雷德劳大喊一声，跪了下来。

"啊，神啊！"他说，"您借着对于纯洁的爱的宣扬，满有恩惠地恢复了我对在十字架上的我主基督的记忆，也恢复了我对所有为我主而丧命的善良的人们的记忆！请您接纳我的感谢！请您赐福给米莉！"

说完他把米莉紧紧抱在怀里；米莉比以前啜泣得更厉害了，接着她忽然破涕为笑，大声嚷起来：

"啊，雷德劳先生恢复正常了！真的，他也非常喜欢我呀！啊，天哪！天哪！又是一个喜欢我的人！"

这时候，那个青年学生走进来了，手挽着一个羞怯怯不敢进屋来的美丽姑娘。雷德劳对那个学生的态度完全变了，他从这个青年学生和他年轻的情人身上，看到自己生活中那段受惩戒的经历的影子，而那影子已变得柔和了。

如今在他那孤零零的方舟里囚禁已久的这只鸽子①可以飞向这个柔和的影子，正如飞向一棵浓荫覆盖的树一样，寻求栖息，寻求伴侣了。他猛然走上前去搂住那个学生的脖子，央求他们俩做他的子女。

在一年之中，为了大家好，圣诞节日正是我们最应当记起人间一切可以补救的悲痛、委屈和苦恼，并且记起这些事来应当要和记起自己的亲身经历同样积极。因此雷德劳便把一只手放到野孩子的身上，默默祈求上帝做证，他发誓要保护这个野孩子，要教育他，使他弃邪归正。

接着雷德劳愉快地伸出自己的右手和菲力普一握，告诉他当天就要在学院那十位已故先生改捐年度现金津贴之前作为大餐厅的那间屋子里举行圣诞节宴会。威廉以前说过斯威杰家的人口多得如果他们手拉手站个圈儿，可以把英格兰围在中间。现在他要他们去邀请凡是通过这么仓促的通知能够请到的全部斯威杰家的人来聚餐。

那天，事情就这样办了。斯威杰家应邀前来赴宴的，有老有少，人数真可观；如果要约莫提一下那数字，很可能会引起好猜疑的人怀疑这个故事的真实性，因此就甭提它算了。反正他们十个二十个地拥挤在那儿，而且他们一到达就都听到了关于乔治的好消息和满有希望的前途。老父亲、弟弟威廉和米莉又去看了乔治，见他安然

---

① 根据《圣经·旧约·创世记》记载，诺亚的方舟在洪水中漂荡多时，后来诺亚开了方舟的窗户，放出一只鸽子，侦察洪水从地上退了没有。

143

入睡了,又离开他回到大餐厅里来。参加这个盛宴的还有台特北全家人,包括小阿道弗斯也在内,他围着他那条七彩长围脖来了,正好赶上吃牛肉。约翰尼和小莫洛克神自然照例晚了一步,两人都歪倒在一边进了屋子,一个已筋疲力尽、困顿不堪,一个依然被认为又在出牙;但这已经是司空见惯、不足为怪的事了。

叫人见了伤心的是:那个无姓无名、来历不明的野孩子双目紧盯着那些玩呀闹呀的孩子们,既不知道怎样和他们说话,又不晓得怎样和他们玩耍,他对于孩童时代的所有习惯和作风一无所知,而一条粗野的狗对此比他还要了解些。另一种情景叫人见了也感到酸鼻的是:这儿最年幼的孩子们都有一种出于本能的理解力,知道这个野孩子和其余的孩子们不一样,他们怕他不快活,就用温柔的话语、轻轻地触摸、小小的礼物腼腆地接近他。但是他紧靠在米莉身旁,寸步不离,而且开始爱上米莉了——正如她所说的,又是一个喜欢她的人!因为大家都非常爱米莉,见到这个孩子也爱米莉,大家也就都很高兴。他们见到这个孩子从米莉的椅子后面偷偷地瞧着他们,他们又都为他这么紧挨着椅子而高兴。

雷德劳、学生和学生的未来新娘三人坐在一块儿,他们都看见了这情景,菲力普和其余的人也都看到了这一切。

后来,有些人说,这里所记下的这个故事只是雷德劳凭空想出来的;另一些人说,是他在一个冬夜的黎明时分,在炉火里看到的；又有一些人说，那个幽灵只不过是雷德劳的忧郁的思想的表象，而米莉则是雷德劳的较强的智慧的化身。我呢，什么也不说。

——我所要说的只是：当他们在古老的餐厅中这样欢聚着的时候，除了一只大火炉的火光之外，别无其他亮光（因为他们很早吃酒席），黑乎乎的影子又从它们隐藏着的处所偷偷地溜了出来，满屋子摇来晃去，让孩子们看见墙上出现许许多多奇形怪状的物像和面孔，把屋子里原是真实而熟悉的东西，渐渐变成仿佛中了魔术的各种荒诞形象。但是大餐厅里有一件东西没有让那些黑影弄得黯然无光或者变了形，而且雷德劳、米莉和她的丈夫威廉、老人菲力普、那个青年学生和他的未来新娘都对那东西看了又看，望了又望，那就是学院创办人之一的那张肖像——下巴留着山羊胡子、脖子上围着绉领子。大家抬头仰望时，只见那肖像在炉火的辉映中显得格外端庄了，那肃穆的脸从嵌板墙壁的暗处，从装饰在肖像四周的翠绿葱茏的冬青花圈中，栩栩如生地朝下瞅着他们。在肖像下方写着这样几个字，再清楚明白不过，宛如有一个声音在朗读：

"天父啊！愿您保佑我记忆永新！"

145

图书在版编目(CIP)数据

着魔的人/(英)查尔斯·狄更斯著；陈漪译.—北京：人民文学出版社，2016
(狄更斯的圣诞故事)
ISBN 978-7-02-012162-5

Ⅰ.①着… Ⅱ.①查… ②陈… Ⅲ.①中篇小说—英国—近代 Ⅳ.①I561.44

中国版本图书馆CIP数据核字(2016)第257225号

责任编辑　张海香　陈　黎
装帧设计　陶　雷
责任印制　史　帅

| | | | |
|---|---|---|---|
| 出版发行 | 人民文学出版社 | 开　本 | 890毫米×1290毫米　1/32 |
| 社　　址 | 北京市朝内大街166号 | 印　张 | 4.75 |
| 邮政编码 | 100705 | 印　数 | 1—4000 |
| 网　　址 | http://www.rw-cn.com | 版　次 | 2016年12月北京第1版 |
| 印　　刷 | 三河市鑫金马印装有限公司 | 印　次 | 2016年12月第1次印刷 |
| 经　　销 | 全国新华书店等 | 书　号 | 978-7-02-012162-5 |
| 字　　数 | 85千字 | 定　价 | 36.00元 |

如有印装质量问题，请与本社图书销售中心调换。电话：010-65233595